僕たちにデスゲームが必要な理由

我們需要死亡遊戲的原因

持田冥介

林佩玟—譯

因爲具有危險所以公園裡的遊樂器材全部都被拆除了。
因爲球可能飛到馬路上造成意外所以禁止在公園裡打棒球。
因爲遭到附近住戶投訴所以禁止在公園裡打打鬧鬧。
隨著日子一天天過去，禁止事項也越來越多。
孩子們無可奈何之下，只好聚在公園裡安靜地玩手遊。
卻被批判爲一點孩子樣也沒有。
孩子就該像個孩子，在外面活潑地玩耍，大人們說。
哪裡有那樣的地方呢？
於是孩子們，開始在公園裡彼此廝殺。

I

「哎呀哎呀，並不是真的在互相殘殺啦，而且就算死了也會再復活。」

村瀨幸太郎滿臉笑容這麼說。

和藹可親的笑臉似乎是村瀨學長的原廠設定表情，說話速度也很緩慢，是個有如兒童節目裡的大哥哥一樣的人。雖然我們幾分鐘之前才剛認識，但我已經對他抱有好感了。他剛說他高三，明明只和我差了一屆，為什麼會給人一種大人從容不迫的感覺呢？

村瀨學長的視線看向公園中央。

「你看著吧，剛才頭被砍下來的那個人，等一下就會復活了。」

他說著與滿面笑意的表情一點也不相稱的血腥內容。我的視線也看向公園中央，那裡有一名少年倒在血泊之中，是不久前被砍下脖子而輸了的人，在脖子被砍掉之前，右手臂也被砍了下來。那是個相當詭異，但其實又沒那麼詭異的神奇畫面。

在軀幹前方兩公尺處的右手臂，旁邊掉著那個人的頭顱。

然後，右手臂和頭顱。

就像影片倒轉一樣回到了軀幹上，流了滿地的血，以及和手臂一起被砍下的衣服，甚至是飛得老遠的眼鏡都一個一個回到軀幹上。

頭顱和手臂牢牢地接回原本的樣子，倒在地上的少年睜大了眼睛，然後站起身，像在確認什麼似地摸著脖子。

他完全復活了，連一點傷痕都看不見。

「喂，你有在聽嗎？水森同學！水森陽向同學！」

身旁的村瀨學長在叫我，我連忙回應。

「啊，是，那個……你說什麼？」

「你看吧，他復活了吧？」

「嗯，是呀。」

眼前所見讓我不得不信。不，打從一開始我就這麼相信了。

距離現在約三十分鐘之前。

從半夜裡睜開眼睛的那一瞬間開始，我的世界就改變了。

◑

醒來時，我感受到了這幾年來不曾有過的清爽。

所以看過時鐘後我嚇了一跳。

凌晨兩點十四分。

從我躺上床之後還不到一個小時，那麼，這股神清氣爽的感覺是怎麼回事？會不會是時鐘壞掉了，於是我打開窗簾，凍結般散發出冷冽光芒的滿月，映入了我的眼簾。

看著夜空，我的內心深處逐漸湧起了謎樣的焦躁感。

我非去某個地方不可。

我這麼堅信，那是奇妙的堅定想法。

四月的夜裡還很冷，我脫掉在家中穿的睡衣，換上簡單的T恤，外面套上厚毛衣，然後披上防風外套，拉鍊拉到最上面。

完全不需要躡手躡腳走路，因為不管發出多大的聲音，睡在一樓的爸爸和媽媽都不會醒來，我清楚明白這點。大人們不會發現現在的我，是說爸爸和媽媽本來就不關心我。

我穿上鞋子，打開玄關的門。

月光真刺眼。

遠方山巒的輪廓和夜空朦朧地融合在一起。

路上一輛車子也沒有，兩旁並列的民宅也完全沒有亮起任何燈光。雖說是位在山腳下的鄉下地方，但也不可能大家都寂靜無聲地睡著了，然而卻連貓叫或鳥鳴都沒有。

安靜得感受不到一絲氣息。

等距排列的電線桿路燈倒是點著亮光，彷彿路標一般。在這燈光的前方，有著我該前往的地方，無來由地，我就是知道。

總之先往前進吧。

中途我經過自動販賣機旁，那裡跟平常一樣賣著飲料。比起月光，自動販賣機的燈光更能令我安心，我猶豫著是否要買個熱飲，但我並沒有帶錢包和手機出門。

大約過了二十分鐘，我看到了目的地。

——是夜晚的公園。

占地面積大概比學校的校地還要小一些，是硬塞的話，勉強可以同時踢足球和打棒球的大小。沒有遊樂器材，幾年前全部都被拆除了，也沒有沙坑，似乎是因為有細菌所以很危險，甚至連長椅都沒有，沒有任何東西，現在的公園與其說是公園，更只是一個「空間」。

不，或許只是一個空間還算是好的。

因為附近居民的投訴，所以不僅大聲喧譁遭到禁止，也不能再打棒球或踢足球了，理由是球可能砸到其他人，或是球飛到公園外會造成危險。這幾年之間，禁止事項越來越多，相反地，要說這座公園裡「有」什麼，大概只剩下圍繞著公園外側的綠色菱形圍欄了吧。圍欄對面雖然有幾間民宅，但沒有任何一間亮著燈。

我踩進了圍欄內。

在靠近中央的地方，有大約四十個人正在為了什麼事而吵吵鬧鬧。不，吵吵鬧鬧這個形容並不貼切，那裡只是因為輕笑聲及細語聲疊加後形成一個大漩渦，導致場面看起來很熱鬧而已。

或許是因為除了這個公園以外的地方都太過安靜了，所以才會感覺相對嘈雜。

而儘管聲音如此迴盪在夜空中，四周的民宅依然沒有打算亮燈的樣子。

我從稍微有點距離的地方觀察中央的人群。聚集在此的人，年齡層大概是從小學高年級到和我同年紀——也就是高中生左右，還有幾個是不認識的人。

這座小鎮——「露草町」上各有一間國小、國中和高中，校名分別是直截了當的露草小學、露草國中、露草高中，住在鎮上的人大部分都像搭電梯直升一樣，從小就讀鎮上的學校，而少數聰明的人，會搭電車到隔壁的城市就學。

所以住在小鎮裡的孩子們大概都知道彼此，和自己同年級的人，以及上下兩個年級的人至少都認得臉，差不多是這樣的感覺。一個年級有七班，數量算多，沒辦法和所有人都成為朋友，如果不曾同班過的話，就只是知道這個人而已，再加上我的個性不擅長和他人相處，因此雖然知道鎮上的很多人，但卻完全沒有朋友。

我觀察整個公園。

角落停放了幾輛腳踏車，到這裡我還能理解。

我無法理解的是放了平臺鋼琴和土管這件事。特別引人注目的，大概是公園深處的螺旋梯了吧，雖然往夜空中延伸，但在與圍欄差不多高的地方就中斷了，沒有設置扶手，上面還有裂痕，看起來隨時都會崩塌。當然，白天並沒有這樣的裝置存在。

除了中央的人群，還有一些人擺攤販賣東西，或是拿著素描本畫畫，誇張的是還有人躺在床上睡覺，而所有的人都是介於小學生到高中生之間的孩子。

這究竟是……怎麼回事？

非來這裡不可——因為這樣的感覺，所以我來了。來到這裡之後，果然發生了某些不可思議的事。我知道可以避開大人來到這裡，一如所料，這裡沒有大人，現在這一瞬間，我很確定大人不會醒來出現在這裡。

我究竟做了什麼？

樹木在風的吹拂下擺動，枝葉發出摩擦聲響，聽來有些神似雨聲，樹木的擺動，也讓旁邊的山的剪影像波浪般搖動。位在中央四十人上下的人群，彷彿在呼應山的變化般發出了歡呼聲。那裡正在進行什麼事。

那群人圍著中央繞成一個圓，我稍微往他們靠近一些。

漩渦的中間，有兩個人正在彼此廝殺。

是少年和少女。

兩人看起來都是高中生的年紀。

站在我前方右側、戴著眼鏡的少年左右手各握著一把日本刀。

那是只在漫畫或遊戲中見過的二刀流刀法，普通人的力氣根本沒有辦法那樣持刀，但那個少年卻像在揮紙捲一樣地揮舞，他的體格看起來只有男高中生的平均水準，這到底是怎麼回事？不過就算是旁觀者如我，也明顯看出他在揮刀時核心並沒有用力，腳下的動作也很僵硬，雖然有力氣卻沒有技術，他給我這種感覺。服裝則是看起來很難活動的夾克加上卡其褲。

在我左側的少女站姿凜然，她也握著日本刀，和對手不同，她採基礎的握刀方式——記得那好像叫作中段？刀從自己的中心延伸到對方喉頭的架式，看起來沒有空隙。明明是半夜，她卻不知為何穿著露草高中的制服，裙子因風吹而輕微飄蕩。她不冷嗎？我想。在這樣的季節，比起色色地偷瞄，反而更讓人先擔心這件事。

不知道為什麼，看見兩人對峙我就直覺想到是彼此廝殺。那是因為纏繞在兩人身上的空氣密度太過厚重的關係，光是看著皮膚就一陣刺痛。

兩人散發出來的是真正的殺氣，彼此的殺氣互相撞擊所形成的漩渦，讓圍觀的人群如此瘋狂。

我聽見某個人屏氣的聲音，或許那個人就是我也說不定。

彷彿以那股聲響為信號，少年動了起來，胡亂揮舞著雙刀。少女則是踩著小碎步般，以最小的動作躲開對方的攻擊。她完全看穿對手了。

裙襬在飄揚。

下一秒，原先輕巧的動作忽然變得尖銳，少女衝進了對方的攻擊範圍。咚！她用力往下一踏，同時揮刀。我的眼睛追不上揮刀的速度，眼裡留下反射月光後的些微殘光，只能憑這些殘光努力弄清楚她揮刀的軌跡，就是這樣的程度。

少年的右手臂緩緩掉落。

血花激烈地噴散。

不知從哪飛來的櫻花花瓣飄過了兩人之間。

一秒後，圍繞著兩人的人群爆出了歡呼聲。

右臂被砍斷的少年沒有發出哀嚎，像在確認剩下的左臂狀況般轉了轉肩膀。

看來對戰還在繼續。

這或許是夢，我想。

忽然有人從背後拍了拍我的肩膀，我嚇得站直了身。

「我沒看過你呢，第一次來嗎？」

一回頭，後面站了個笑容滿面的少年。

頭髮的鬈度恰到好處，這是自然鬈吧，和他的氣質很搭，他散發出來的氣質也是柔和的。

「對，我第一次來。」

「是喔。啊，我應該要先自我介紹吧，我是村瀨幸太郎。」

他先為我介紹了他自己。

我記得他是學長，雖然看過他，但不知道是大我幾屆的學長。對方似乎也是同樣的情況，就算好像看過我，應該也不知道我是誰、小他幾屆，這部分是鄉下地方微妙的麻煩之處。

「那個，我是水森陽向，高二。嗯，你是……學長吧？」

「嗯，我高三，也沒有比我更高學年的人了吧。」

「咦？」

「能夠來到夜晚的公園裡的人，僅限高三以下唷。」

這個人應該知道很多事。

「那個……村瀨學長。」

「是。」

「我今天剛來這裡，有很多問題想問，可以問你嗎？」

「可以呀，我就是為了這個才找你說話的，反正我也找不到影野先生。」

「影野先生？」

「啊，我在自言自語。」

「不說這些了。」村瀨學長說完，視線轉向公園中央。

「詳細情況等看完這場對戰之後再說吧。」

我也跟著村瀨學長的視線，看向了公園中央。

右手臂被砍斷的少年發出淒厲的吼叫，以剩下的左手臂用力握緊了刀，向少女砍去。

對手的少女刀往橫一揮，看起來是個慢動作，但我的眼睛卻追不上，我想她的動作就是如此地俐落且快速。

少年的動作停了下來，他手中的刀攔腰折斷掉在了地上，悄無聲息，接著——彷彿歷史劇般經過短暫的停頓後，少年的頭咻地滑落。

血從剩下的軀幹中噴出，過了一會兒灑落地面。

少女瞄了一眼少年的屍體後，憑空生出刀鞘，將刀收了進去。不用把血擦乾淨嗎？雖然我這麼想，不過在收進刀鞘之前，刀子上就已經沒有血跡了。

資訊量太多了。

我指著倒在地上的少年屍體，嘴巴一張一闔地向村瀨學長示意，因為我已經沒辦法完整說出一句話了。

村瀨學長說：

「哎呀哎呀，他們不是真的在互相殘殺啦，畢竟死了也會再復活呀。」

少年被砍下的頭就在我的眼前黏了回去，右手臂也黏了回去，衣服也接了回去，流出的血液回到體內，少年彷彿什麼事也沒發生般站了起來，像在確認什麼東西似地摸了摸脖子。

我一臉目瞪口呆，「看吧，他復活了吧。」村瀨學長說。非現實的事情正在發生，不可能的事情正在發生，我想我必須先相信眼前所見的事。接著村瀨學長看著戰敗的少年說道：

「那傢伙，還沒學到教訓呀。」同時皺起了眉頭，看來他認識那個少年，然後他說：

「我問你喔，水森同學，你有看過獲勝的那個少女吧？」

不知為何突然提到少女的話題。

「什麼？」

我仔細地瞧了瞧那個少女，剛才我覺得對那張臉沒印象，或許是因為她放出來的殺氣讓我這麼想，凜然的站姿、穿著制服筆挺的樣子、鋒利刀刃般的眼神、比起可不可愛更重視活動度的短黑髮。我知道這個人。

她是我就讀的高中裡的名人。

「阿久津冴繪……嗎？」

「沒錯。」

村瀨同學點了點頭。

阿久津冴繪。

女子劍道社的王牌。

去年的夏季大賽中，雖然是一年級，但參加了全國大賽個人賽的強者，在這無論哪一種運動社團都只有參加縣大賽程度的鄉下高中裡，是唯一程度達到全國級別的女子，加上名字給人的感覺，因此被大家害怕地稱為女傑、女帝、惡女。

順帶一提，她似乎沒有惡女的元素。

啊，不，我搞錯了，她是劍道社的前王牌。

聽說她在去年的夏季大賽後就退出社團了，我當然不知道發生了什麼事，我和她並沒有交集，雖然我們同一學年，但卻不曾同班過。

我也再一次確認戰敗的少年，不過他果然是我不認識的人。

阿久津離開公園中央，往我和村瀨學長的方向走來，人牆自然地往兩旁讓出一條路，我和村瀨學長當然也往旁邊退去。阿久津從我身旁走過，一眼也沒看向兩旁的人牆——裡面的我——筆直地向前走到公園角落。流出來的血應該全部都回到體內了，但從我身旁走過的她身上卻傳來血的味道。

「她是名門望族家的女兒呢，不過是鄉下地方的名門，對我來說只是家裡比較大的意思，聽說是武士的後代。」

村瀨學長說。

阿久津家在小鎮的外圍，占地面積廣大，房子後方的山全部都屬於阿久津家，房子本身當然也很大一間，光看外表就非常氣派，家族中也代代有人出任鎮長。

「阿久津同學在這個『地方』一次也沒輸過，是最強者。」

「最強者？」

「但是會來到這裡，代表她也有什麼煩惱。」

「這……究竟是怎麼回事？」

我終於問到了核心問題。

「這座公園的禁止事項不是越來越多了嗎？」

村瀨學長以這樣的方式起頭。

「不可以做這個，不可以做那個；這個很危險，那個很危險；小孩子很吵……之類的，但是卻又說『最近的孩子什麼都有，還真好命』。你不覺得讓人喘不過氣嗎？」

「……嗯，是呀，我也這麼覺得。」

「對吧，你也這麼想吧。」村瀨學長緊接著道。

「這座公園白天就只有圍欄，已經成為牢籠了。」

「……牢籠嗎？」

「當然我也覺得危險的遊樂器材拆除比較好，可是這根本是全部了嘛，什麼東西都沒有，為什麼連長椅都不見了啊！」

這倒是真的。

「讓人喘不過氣的不是只有這座公園，像是只要說了什麼，就會在你根本沒有那個意思的地方被人借題發揮，隨隨便便就被出征，每一句話語中都帶著毒性，不知道會在哪裡被怎麼解讀，也許會被人斷章取義扭曲原意。我已經搞不清楚這一切了，覺得其他人很可怕。」

「村瀨學長也覺得可怕嗎？」

「當然啦。」

他平靜地這麼說。

「現在，這個地方，是只屬於這些孩子的世界，是無法適應現實世界，跟不上社會潮流的孩子們聚集、彼此廝殺的場所，這裡不會被大人發現。不過呢，就像你剛才看到的那樣，他們並不是真的在互相殘殺對方，不，他們是真的在互相殘殺，只是死了以後還會復活就是了。」

話題突然切入了重點。

不，也許不能說是突然。

禁止事項越來越多，公園就像一座牢籠，不管說了什麼都會馬上被攻擊，被斷章取義曲解原意，隨隨便便就會被出征，因此變得害怕與他人交談。因為是這樣的世道，所以孩子們在公園裡彼此廝殺，我覺得兩者間有確實的關聯性。

「但是，為什麼？」

我這樣反問村瀨學長。那句「為什麼」裡面含有各種意義，只是要濃縮成一句話很困難。不過我不需要問村瀨學長就知道答案了，這不是知識層面的，而是直覺，沒有原因地我就是知道。

「我想你應該隱隱約約察覺到了，因為來到這裡的人都無來由地已經理解了才是。」

被看穿了。從村瀨學長的語氣中，我知道了來到這裡的每一個人，似乎都和我有一樣的感覺——內心有一份奇妙的堅信。

——為什麼需要彼此廝殺？

——當然是因為有需要彼此廝殺。

這根本算不上回答，我自己也這麼覺得。

但同時，我也認為沒有比這個更適合的答案了。

在混亂的我面前，剛才輸掉的少年再次走進公園中央。

一名男孩從對面的人牆中走進來。小學生嗎？應該是吧，身高大約一百四十公分左右，與對面的少年身高差了三十公分以上，服裝是藍色的寬鬆睡衣，聰明伶俐的雙眼和緊閉的嘴唇令人印象深刻。

「哎呀，下一戰的對手是瀧本同學呀。」

村瀨學長說。

「瀧本同學？」

「嗯，瀧本蒼衣同學，小學四年級，是目前來這座公園裡的人之中年紀最小的。」

「對戰對手？欸？小學生和高中生對打嗎？」

「是呀。」

大家都沒有阻止的意思，看來對戰和年齡差距、身高差距以及體重差距沒有關係。這麼一想，剛才的對戰也是，少年無視肌力般揮舞長刀，少女則是獲勝後創造出一把刀鞘，這裡的對戰或許不是普通的廝殺，是說從復活那一刻起就一點也不普通了。

「……這個，規則是什麼？」

「很簡單，被殺死的一方就輸了。」

真簡單。

「失去意識也算輸。」

村瀨學長補充，然後繼續說道。

「這是個不可思議的空間，自己喜歡的、想做的、能做的事，像是興趣或特殊技能等等，將這些東西具體化之後彼此戰鬥。」

「像是個性或是自我這類的嗎？」

「欸，算是吧，雖然是這樣啦，說是個性或是建立自我聽起來比較好聽，但是我討厭這類的詞。」

「為什麼覺得討厭？」

「不知道，到底是為什麼呢？我自己也不知道，大概是因為說出來之後就會覺得好像理解了。」

我的前方，瀧本同學伸手遮住空中，和剛才的阿久津冴繪一樣，從空無一物的空間中拿出雙刃劍。我對那把劍有印象，我記得是傍晚六點起播出的動畫《背骨道》裡，主角所拿的劍，雖然是兒童動畫，但裡面四處加入了禪的元素，因此聽說受到各年齡層的歡迎，我也曾經看過一些。

在片頭曲開始之前插入的「眼前此路乃佛之脊柱，行至頭顱斬斷夢想」這段可怕的開場影片很有名，而這段開場影片也因為遭到投訴結果被替換掉了，我記得理由是因為聽起來很像砍掉佛祖的頭一樣。

「是背骨道的劍。」

「哦，你也知道呀。」

「對，啊，不是，我也沒有認識到可以說知道這部作品。」

是喔，還真謙虛呢。村瀨學長說完笑了。

「瀧本同學最喜歡那部動畫了，所以創造出主角的劍來戰鬥，那把劍裡有瀧本同學某些重要的東西。」

必須戰鬥到殺死對方，才能夠了解自己，或許個性就是這樣的一種東西。沒有大人說的那麼好，具有徹底毀滅性，只要走錯一步，自己和身邊的人就會死去——或許那就是一種這麼沉重的東西，不過或許也完全不是這麼一回事。

和瀧本同學對峙的高中少年創造出和瀧本同學幾乎一模一樣的劍。

「唉呀。」

村瀨學長露骨地嘆了一口氣。

「怎麼了嗎？」

「那傢伙，剛才不是用日本刀和阿久津同學戰鬥嗎？」

「是呀。」
「這次他又創造出和瀧本同學一樣的東西了。」
「……啊！」
那是個感覺非常討厭的事實。
「那傢伙叫縣瞬，你可能不認識吧，因為他從國中開始就到村外的升學學校就讀，我和他同年，家裡也住得近。」
即使小學之前都念同一所學校，但如果國中高中不一樣的話，記憶也會慢慢淡去吧，而且學年不同就更是如此了。
「你看，那傢伙的劍，和瀧本同學一樣，連細節都很精緻對吧？」
縣學長創造出來的劍確實和瀧本同學的劍外表一模一樣，連小零件和細部裝飾都幾乎相同。
「縣那傢伙是想表達自己比瀧本同學還要了解《背骨道》。」
「但是……」
我再一次比較兩人的劍。
「散發出來的熱度完全不一樣。」

「對吧？」

村瀨學長一臉傷腦筋地贊同。

瀧本同學創造出來的劍，光用眼睛看就知道有某種東西湧出，他真的非常喜歡這部動畫，光看他創造出來的劍就知道了。但是縣學長的劍卻沒有散發任何東西，很難用言語表達差別在哪裡，這是感受的問題。

「縣那傢伙沒有自我，他所擁有的知識全都是為了向他人展現優越感的工具，我一直叫他不要用這種方式戰鬥，但是他連聽都不聽。」

村瀨學長的聲音裡透露出不甘。

「反正他馬上就會輸了。」

雖然很辛辣，但現實就如同那句話一樣發展。

瀧本同學手上的劍發出光芒，像動畫主角的必殺技「佛殺」一樣，將縣學長劈成了左右兩半，縣學長手上的劍也因為衝擊力道而折斷。圍在兩人周遭的人群眾聲譁然，但並沒有人出言取笑。

村瀨學長的臉都歪了。

雖然我並不是特意顧慮學長的心情，但還是像為了改變話題般開口。

「不管是瀧本同學或是剛才的阿久津冴繪，他們都沒有一絲猶豫呢，就算知道對方會復活，但這畢竟還是殺人呀。」

「因為他們已經被逼到了這種程度。」

話語中的意思非常沉重。

「我想你應該知道，但還是再強調一次，在夜晚的公園裡毫不猶豫地彼此廝殺的這些少年少女們——我們……」

或許是覺得不應該說得一副事不關己的樣子，村瀨學長改口說「我們」。

「在白天現實的世界裡，是無法隨便傷害他人的。」

我明白，我能夠同理這裡的人。還不如說——

「還不如說剛好相反。」

村瀨學長的話和我內心所想剛好一致。

「來到這裡的人沒有辦法去傷害他人，啊，不對，沒有人是不會傷害到其他人的吧，應該說是沒辦法故意去傷害他人。嗯……這個說法也不對，是不知道如何傷害他人，又或者是不知道如何與他人衝撞的感覺吧，害怕傷害他人，害怕與他人衝撞，這樣子的人才會到這裡來，你應該可以明白吧？」

「我明白。」

對我來說這也不是全然事不關己。

我也被某些事給逼到了會來到這裡的程度，但我無法以言語清楚表達那是什麼事。

「到底是誰設置了這樣的地方？」

「不知道，我也是某一天突然就被呼喚到了這座公園來，然後沒來由地理解了狀況，沒來由地接受，沒來由地待在這裡。雖然不知道是誰，但多虧有設置這個地方的那個人，我才能繼續活著。」

繼續活著，嗎？

在我眼前的是身體被砍成左右兩半的縣學長的遺體，瀧本同學正俯瞰著他。有血的味道，血泊不斷向外擴散，夜晚的黑越來越澄淨。

「啊，不過當然不覺得痛，這樣的行為要是伴隨著痛覺早就休克死亡了。」

村瀨學長的語氣太過開朗，讓我感到很不安。

「但是不覺得痛真的好嗎？我不是很明白。」

「這是什麼意思？」

「我——我們不能肯定這種廝殺，廝殺就是廝殺，就算可以復活，也不能小看了它的涵意。」

這件事其他的孩子當然也都明白——村瀨學長說。

「但是除了這樣的方式，已經沒有其他方法可以拯救自己了，只有極端的方式，才能夠學會與他人衝撞的方法。」

我想起了鐘擺。不得不採取這麼極端方式的原因，我想就在另一端，在這裡互相廝殺的孩子們，或許現實生活中是極端地被禁止與人碰撞。

「我說，水森同學，你也發生過什麼痛苦的事吧？」

這句話讓我稍微湧起了反胃的感覺。

——痛苦的事。

記憶滿溢而出。

◑

我們家總是在固定時間吃飯，早上是七點，晚上也是七點，爸爸坐在客廳的沙發上，媽媽坐在廚房附近的餐桌，他們會背對背吃飯。

我們大概不會再有三人同坐一桌的時候了吧，既然如此，乾脆錯開吃飯時間不就好了。我是這麼認為，但是爸媽卻不這麼做，不管氣氛多麼沉重，都會在固定的時間一起吃飯，除了吃飯，爸媽沒有其他時候會一起出現，或許是這樣的行為，勉強維繫了家人這樣的關係。

我總是猶豫著該坐到哪一邊的位子好，所以每天輪流，一天坐在爸爸附近，一天坐在媽媽附近。

為什麼爸爸和媽媽如此拘泥於家庭的形式，不惜做到這種地步。

如果想離婚就去離婚不好嗎？我這麼想。

在這個時代，離婚已經沒什麼了不起了。

從什麼時候變成這樣的呢？為什麼會變成這樣呢？

我不知道原因。

但是從某個時候開始——我開始覺得不對勁，是在剛升上小學高年級的時候，爸媽不再和對方交談，爸爸工作，媽媽做家事，或是去打工，除了義務之外，沒有更多的東西了。陌生人住在同一個屋簷下，變成了這樣的感覺。

我則是和兩邊都還算有交流。

所以兩人透過我和彼此接觸。

「陽向你這麼覺得吧？」「陽向你不這麼覺得吧？」

煩死了，我這麼覺得。

已經到了如果不把我夾在中間，他們就不交談了，他們會連視線都不看彼此，背對背吵架。雖然是這樣的爸媽，在某些部分倒是意見一致。

「陽向你會讀縣裡的大學對吧？」「陽向你會在縣裡就業對吧？」

他們想將我留在這個家裡。

我知道其中的理由。

「在陽向離家之前我們不會離婚。」「陽向你也覺得這樣比較好吧。」

爸爸和媽媽不准我脫離戰場。

他們在叫我也陪著一起玩這場扮家家酒。

離家出走或許會比較好，暴怒一場或許會比較好。

但是我做不到。

因為我明白了，對他們兩人來說——或者對這個家庭來說我是個「繫帶」，如果我隨意亂來，一定會破壞這份平衡。總覺得對他們來說，這可能會成為不需要再扮家家酒的一個藉口。

只靠表面一層皮維繫的家庭。

而那層表面的皮，就是我這個存在。

說起來，我也拘泥於家庭的形式。

不論多麼痛苦，多麼無意義，我都不想破壞家人這層關係。

因為對我來說，我的家就只有這裡了。

或許爸爸和媽媽也和我抱持了同樣的想法。現在，他們已經沒有足夠的精力，去破壞一起生活的這個家——應該歸去的地方，或許他們選擇了維持現狀，同時又期望現狀能夠緩緩地崩壞。

而這種生活方式當然是令人無法忍受。

自從我升上國中，就開始難以入眠，會忽然盜汗，或是呼吸不順暢，也曾經突然一陣反胃而衝到廁所去，每天都充滿了茫然與不安。去看了醫生以後，說是身體沒有任何毛病，是因為壓力造成自律神經失調的關係。

今天吃晚餐的時候也是這樣。

爸爸和媽媽因為一些小事吵架，把我夾在中間吵架，光只是聽著反胃的感覺就上湧，於是連忙躲回房間。

然後——所以，我才會被呼喚到夜晚的公園裡。

我現在，站在這裡。

我知道胃裡正在翻騰。

◑

「啊，對不起，剛才那不是問句，你可以不用回答。」

村瀨學長一臉慌張地說，我想大概是因為我的臉色很難看吧。

我真是軟弱，回想痛苦的事，光只是這樣，就出現反胃的感覺。

村瀨學長像是補充般說道：

「來到這裡的人都是這樣的，被某些事逼到了極限，雖然不是什麼丟臉的事，不過……會這樣，有些罪惡感吧，對於無法好好活著感到歉疚。」

我聽著這番話深呼吸。

「我懂。」

終於說得出話了，反胃的感覺漸漸減輕。

我們兩人說話之間，倒在眼前的縣學長的屍體動了一下。

被分成左右兩半的縣學長的身體合在一起，恢復原狀復活了，看著整個過程的瀧本同學從公園中央戰鬥空間離開。

復活的縣學長站在中央一動不動，看來他還打算繼續戰鬥。

身穿圍裙的女孩子，像是機不可失般，在人群間穿梭跑動，看來是在配送飲料，她也來到我和村瀨學長面前，說：

「有想喝什麼飲料嗎？」

我揮揮手，「謝謝，不過我不需要。」拒絕了她，村瀨學長則點了黑咖啡。

那個販售員的女孩創造出客人點的飲料，沒有收錢。

喝了一口黑咖啡後，村瀨學長開口。

「果然比我創造出來的咖啡好喝呀，這裡也有像她那樣的角色，像是在攤車賣食物的人、埋頭畫畫的人，或是只是來睡覺的人，不是只有戰鬥才是了解自己的唯一途徑。」

村瀨學長一邊說，一邊瞄了一眼放在公園角落的平臺鋼琴。
他像是要掩飾般，繼續說道：
「不過主要還是互相廝殺。」
忽然，我將感到疑惑的地方說出口。
「互相廝殺是以什麼方式進行？」
「沒有淘汰賽或循環賽之類的賽制形式，這一天這一夜，需要彼此廝殺的人自然會對戰，不會強制進行，也沒有預定和誰對戰之類的事。」
「……原來如此。」
那麼在中央一動不動的縣學長，就是這一天這一夜，需要這麼多場廝殺的意思嗎？
我不敢問村瀨學長這件事。
「可以來到這裡的時間也是，沒有一定要在幾點幾分來，只要時間到了，不管是正在睡覺還是醒著，都可以來到這裡。我討厭事先規定好時間。」
我沒來由地可以理解，總覺得來到這裡之後淨是這樣的感想，沒來由地可以理解、沒來由地感到同理。

「每天都有這種廝殺嗎？」

「嗯，每天都有，不想來可以不用來，很自由。」

縣學長一直站在中央。

下一個對戰對手遲遲不出現，時間慢慢流逝，只是看著的我們也開始覺得無聊，當然交談次數也就減少了。

幾次有一搭沒一搭的對話來回。

像是積雪融化般，對話自然地就消失了。

村瀨學長喝完黑咖啡，然後以神奇的力量消滅了紙杯，就在我為了「這種事也可以啊」而佩服時——

「只有在這裡才辦得到喔。」

村瀨學長像在叮嚀我似地說。

「這裡是個夢一樣的地方，我不是指正向的夢想，而是在睡覺時做的那個夢。被殺了也能復活，可以創造出自己想要的東西，大人不會被吵醒，就算醒著也不會出現，現在這個瞬間存在於不同的時間與空間中，例如我們只是和平常一樣在自己的房間裡睡覺，而彼此的夢在這座公園裡交集。」

只是大家一起做了個相同的夢，嗎？

村瀨學長在這裡停頓了一會兒。

「我想要成為幼教師。」

他突兀地說。雖然話題像曲速引擎一樣跳躍，但或許在村瀨學長心中是相關聯的。

村瀨學長在和我說話時，依然不停看向縣學長。

「但我不懂教導他人是怎麼一回事，我不想只是教些漂亮的東西，『不可以說別人壞話』、『不可以給別人造成麻煩』，我沒辦法認同這樣的教誨。世界上就是有人可以毫不在意地傷害他人，這種時候若遵循『不可以說別人壞話』，只是成為沙包罷了。」

不可以給別人造成麻煩，我爸也經常這麼說。

「是說，不可以給別人造成麻煩這句話，我也覺得不太對。嗯，也不是不對，的確是不可以給別人造成麻煩啦，但在大前提之下，我覺得需要比那個更深層的什麼東西……這種，我沒辦法好好形容呀。」

我好像知道他想說什麼。

「沒辦法好好用言語表達我的想法，這樣子我又能教孩子們什麼東西？所以……」

——所以。

「我還在這裡。」

村瀨學長說完，看向夜空，我感覺到他的眼裡有某種發光的東西。

「第一次見面我卻突然說這些，你很困擾吧。」

「不，一點也不困擾，謝謝你告訴我這些，那個，我……」

「嗯？」

「我覺得，你一定沒問題的。」

話音越來越小聲，好丟臉，但這是絕對要傳達出去的話。村瀨學長聽完我的話，笑了，不是剛才那種微笑，而是雪靜靜地吸收聲音的笑容。

「謝謝，我也覺得你一定沒問題。這不是客套話喔。」

「謝謝你。」

我輕鬆自在地道了謝。

交談中斷。

總覺得像是一個話題告了一個段落的樣子。

這時候，一名手持左輪手槍的國中生年紀的少年站到了縣學長面前，縣學長也創造出左輪手槍，不過——該說是意料之中嗎？他沒有贏得槍戰，額頭被子彈射穿而死。復活之後的縣學長依然站在公園中央不願離開。

縣學長今天，是否就是需要這麼多場廝殺呢？他是否自然而然地就站在了那裡呢？在我湧起了這樣的疑問時……

「已經結束了，縣瞬同學。」

不知道從何處傳來聲音。

不知何時縣學長的背後有一團黑影。

不知道什麼時候出現在那裡的。

他一直——從一開始就站在那裡了。

就算有人這麼說也能獲得認同，他就是這麼地融入現場之中。但是那個人怎麼看都是大人，身上穿著皮鞋和西裝，手上戴著錶，脖子上打了領帶，頭上還戴了紳士帽，那頂帽子的綁帶繫著紅色的緞帶。而不論如何睜大眼睛，都看不見那個人的臉，與其說是看不見，不如說是無法辨認的感覺，就像臉上有一個無底深淵的大洞一樣。

「……影野先生。」

村瀨學長低聲說道。

縣學長一臉驚愕地轉頭，大概是無意識的吧，彈飛起來一樣往後退，拉開與那個人之間的距離。神秘人一步也不動，以溫柔的聲音說道：

「今天就到這裡吧，讓頭腦好好冷靜一下。」

「不要，我要打到贏為止。」

縣學長反駁，神秘人緩緩地搖頭。

「這裡不是這樣的地方，你應該明白。」

「可是……」

「你要多相信他人。」

因為這句話，縣學長的肩頭頹喪地落下，乖乖離開公園中央，全場鴉雀無聲，透出一股一句話也不能說的氣氛。打破這股氣氛的是——

「喂，影野先生。」

站在我旁邊的村瀨學長。

看來神秘人叫作影野，這也許是假名字。那個影野先生轉向我們，我想，我只能從臉的方向來判斷。影野先生走過來，那是沒有發出一絲腳步聲的走路方式，他在我和村瀨學長面前停下，身高相當高，至少有一百八十五公分吧。

我和他面對面，感受即使伸手我也不覺得能摸到他，他身上纏繞著一股黑洞般的氛圍，但同時，也感受到了溫暖。無底的黑暗或許和包容一切的光芒是相同的東西，只是方向不同罷了。

「影野先生，這是新來的水森陽向同學。」

「你好，我是水森陽向。」

我順著村瀨學長的話，做了自我介紹。

「你好，我是影野，擔任在這裡進行的廝殺的裁判。」

影野先生用不太有起伏，但卻清晰的聲音說道。

「裁判？」

我反問之後，村瀨學長開口。

「雖然我剛才說這裡只有孩子，但這麼說不是很正確，影野先生是唯一可以出現在這裡的大人。」

「咦？可是，為什麼？」

「水森同學，你很不會問問題欸。」

被這麼一說，或許真的是這樣。

「你想想，這是一定要的吧。有這麼多難搞的孩子聚在這裡，很容易有狀況發生啊，起爭執之類的，影野先生就是在這種時候制止雙方的人。」

像是接在村瀨學長後面說明似地，影野先生重複道。

「對，我是在這種時候制止雙方的人。」

「再進一步說明，我不太會干涉孩子們，我總是盡最大的能力，努力消除自己的存在感。」

「當新人來到這裡時，負責解說也是影野先生的任務，今天是因為你來了但影野先生卻一直不現身，所以我才自行向你解說。」

是這樣啊，或許村瀨學長很會照顧人。

「那是因為……」

影野先生遲疑。

「哎呀，沒關係啦，你很忙吧？」

村瀨學長馬上停止了追問，該說他很聰明，還是懂得適時收手，他大概不想讓對方為難吧。

「不，我並不忙。」

可是影野先生卻沒有順著村瀨學長給的臺階下。真過分呀。

我也加入對話中。

「你的臉是怎麼回事？」

「畢竟這裡基本上是只有孩子的世界，像我這樣的人只會礙事，要是我太有個性，會惹來孩子們的反感，所以我是無臉裁判，必須盡可能成為和系統同化的影子。」

「原來如此，總覺得可以理解。」

反過來說，就是我只有隱隱約約理解了而已。

「你們理解能力這麼好真是幫了我大忙。」

影野先生周圍的氣氛和緩了下來，或許是因為他笑了。他的身後站著縣學長，和初次見到他時一樣，雙手各拿著一把銳利的日本刀，就在我想著「不會吧」的時候已經太遲了，縣學長往影野先生砍過去。

沒有絲毫遲疑，完全就是個突襲。

而問題在於我站的位置。我可以從正面看見往影野先生背後砍過去的縣學長的眼睛，裡面燃燒著陰暗的火焰，那是我不知道以什麼東西做為燃料的火焰。

「影野先生！」

然而我還是大叫，抓著影野先生的肩頭將他拉倒，互換位置般站到了縣學長面前。

揮下的刀迫在眉睫——瞬間我伸出右手擋在身前。

沉悶的金屬聲。

我的右手，前方有個四角形的東西，似乎是那個東西，千鈞一髮地將縣學長的刀彈開了。縣學長因為那股彈開的力道往後退了幾步，那個四角形的東西馬上就消失了，無法抵擋第二波攻擊。

「謝謝你，水森陽向同學。」

影野先生不知何時站在了我的前方，他彈響手指，夜空像是帶著黏性，滴答垂落，至少在我眼前看起來是這樣。

從上方落下的黑暗包覆了縣學長全身，瞬間束縛住他，一團黑色中只露出了臉，縣學長在這樣的狀態下呻吟著。

影野先生很強，而且是壓倒性地。

而我親眼看見了影野先生這樣的裁判存在的必要性，總覺得只有孩子的話，無法阻止剛才的縣學長。不是實力強弱的問題，而是縣學長散發出某種讓人感到更根本的恐懼感，直到現在身體才顫抖了起來。

「水森同學，你還好嗎？對不起喔。」

不知為何村瀨學長向我道歉，然後以苦澀的表情看著縣學長。

「縣……你這傢伙，別再鬧了。」

被束縛在黑暗之中的縣學長回頭看村瀨學長，他的眼裡已不再燃燒著陰暗的火焰，沒有任何東西，無論是光亮或黑暗，只有純粹的空洞。

縣學長沒有回答。

「你說話啊，縣，拜託你，說點什麼呀。」

那是連在旁聽著的我都感到揪心的一句話。

但是縣學長沒有反應。

影野先生很乾脆地解除束縛，縣學長搖搖晃晃地站起身，他的手上已不再握著刀了，直到剛才都確實存在的所有生氣，似乎也隨之拋開了。

「縣瞬同學。」

影野先生叫住了打算離開的縣學長，縣學長轉頭。

「明天我也會等你出現。」

「……」

縣學長不發一語，離開了那裡，也離開了公園，影野先生似乎一直一直看著他的背影。

◑

回到家了。

當然沒有被爸爸和媽媽發現。

我回到房間，坐在床上。

確認時間，清晨五點三十六分，時間並沒有停止，因為太陽已經開始升起了，所以大家解散。雖然完全沒睡，腦袋卻很清醒，我問了影野先生原因，他說這是個不會造成睡眠不足的系統。系統是什麼啊！我想事實上，這果然是個夢吧。

村瀨學長好像說過那或許只是孩子們的夢彼此交集。

我嘆了口氣。

才剛結束沒多久的廝殺，盤旋在我腦中。

縣學長離開公園後，再沒有人彼此廝殺，氣氛不適合，大家只是三三兩兩聚集，或是漫無目的閒晃，或是和影野先生說話。村瀨學長像在思考什麼似地盯著空中，我也一個人發呆打發時間，然後到了日出時分，螺旋階梯崩塌，大家以此為信號解散。

我整理了一下今天發生的事。

夜晚的公園是孩子們互相廝殺的地方。

對戰地點在公園中央，以一對一的方式進行；沒有淘汰賽或循環賽之類的賽制形式；那一晚，需要廝殺的人自然會進行戰鬥。不，不一定就是這樣，也有人像今天的縣學長一樣失控，為了應付這種情況，所以有一名裁判。

裁判是唯一一個獲得准許出現在屬於孩子們的地方的大人；除了裁判之外，其他大人不會發現那個地方；裁判的臉是看不見的。

為了探索自己的興趣或特殊技能、喜歡的東西、能做的事、想做的事，所以才彼此廝殺。

年紀限制在高三學生以下，雖然沒有問下限，但目前小學四年級是前往夜晚的公園的人之中年紀最小的。

一旦死了就輸了。

失去意識也算輸。

死了還會復生。

除了彼此廝殺，還有其他方式可以探索自己，但還是以廝殺為主。

沒有規定開始的時間，時間到了，不管是正在睡覺還是醒著，都可以前往公園。

會隨著日出解散，不會睡眠不足。

大概是這種感覺。

還有一堆不明白的地方。

例如是誰設置了這樣的地方？總覺得可以理解……為什麼需要那樣的地方。對我這樣的人來說是必要的。不，這算不上是答案吧，而且是誰引導像我這樣的人前往夜晚的公園？影野先生的真實身分是誰？總結這些問題的本質上的疑問。

——夜晚的公園究竟是什麼？

或許我根本沒有了解任何事。

只是我可以相信一件事，那裡並不是個壞地方。

說起來，回到家之後我一直在手機上搜尋夜晚的公園，卻沒有觸及任何類似的資訊，看來是不准前往那個地方的孩子們將訊息洩漏到社群網站上。

想要成為幼教師的村瀨幸太郎。

想要以對方的知識贏過對方卻不斷戰敗的縣瞬。

我所就讀的高中的名人，前女子劍道社王牌的阿久津冴繪。

喜歡動畫《背骨道》的男孩，瀧本蒼衣。

是裁判也是唯一的大人的影野。

其他還有很多似乎有著一個或兩個怪癖的人。

我今天沒有上陣廝殺，大概是因為今天不需要吧。我認為和縣學長的衝突不算廝殺，應該是和廝殺很不相同的什麼東西。

我看著自己的右手。

如果我要戰鬥的話，該創造出什麼東西才好呢？該怎麼戰鬥才好呢？

自己喜歡的東西、興趣、特殊技能、能做的事、想做的事——嗎？

例如瀧本蒼衣同學就是創造出自己喜歡的動畫裡的劍。

我也是有反覆看過好幾次的漫畫。

我從書架上抽出一本漫畫。

書名是《愛與和平與夢想與希望》的漫畫。

暗中擁有超能力的十幾歲青少年，遭到神秘的存在綁架，被關在廢村之中，而能夠逃出那裡的，只有活下來的唯一一個人——劇情大綱是這樣，也就是人稱

「死亡遊戲」類型的漫畫，現在在國高中生之間很紅，我也很喜歡。

在互相廝殺之中描繪出強烈的感受及細緻的情感，兩者絕妙的平衡非常引人入勝。我想作者一定是在廝殺這種極端的人際互動之中，隱含了祈願與祝福。

要是在平常，廝殺這個詞讓我最先想到的就是這部漫畫，但在夜晚的公園時，腦海中一次也沒有浮現出這部漫畫。

我從床上起身，走向木製書桌，這是小學時爸媽買給我的，一直用到了現在。我打開書桌最下層的抽屜。

裡面放著魔術方塊。

上一次碰它，已經是小學六年級的事了吧，那是爸媽關係還很好的時候買給我的，一碰，它就發出某種尖銳的軋吱聲。

我轉動魔術方塊，小方格發出摩擦的聲音。

我隨意轉亂，然後再轉回原樣，沒想到我還記得排列圖樣。

小學時我很喜歡魔術方塊。

雖然我也喜歡立體拼圖，但那個只要拼過一次就會記得拼法，可是魔術方塊每一次轉亂，排列都不一樣，幾乎每一種解法都必須背起來，一點也玩不膩。我也喜歡它的外表，那個色彩鮮豔的立方體光看就很快樂。

可是現在已經——

我輕輕地將魔術方塊收回抽屜深處。

然後再次坐回床上，直接躺下。沒有睡意。

一會兒之後，樓下傳來喀噠喀噠的聲音，不知不覺間外面出現了鳥鳴聲及汽車行駛聲，剛才還不存在的雜亂生活音，充斥在房間之外。

確認時間，指針剛好指在早上七點。

我走出房間，緊張地走向客廳。

爸爸和媽媽都在，一如往常，爸爸坐在客廳的沙發，媽媽坐在餐桌的椅子上，是日常的用餐風貌。

「早安。」我說了也沒人回我。爸爸和媽媽討厭同時開口說話，所以不會回應我的問好，我們像在交作業一樣地吃飯，食物一點味道也沒有。

洗完自己的餐碗，我回到自己的房間。

我昨天——可以說是昨天吧，雖然日期相同，而且是幾個小時前發生的事，但因為太麻煩了，我決定便宜行事，將廝殺結束之前劃分為「前一天」。

我反覆回想昨天的廝殺，然後用與之對應的方式，也思考了自己的事。

也許光是父母健在就夠幸福了，世界上還有很多更辛苦的人，也有遭到虐待的孩子，或是失去雙親的孩子。

我覺得自己好像不應該感到痛苦。

好像沒有痛苦的權利。

但是，光是父母健在就夠幸福了——這句話，等同是在說自己的人生、自己的父母比某個什麼東西好多了。

這種肯定的方式，對各方面都太失禮了。

到底基準在哪裡？該有多痛苦才可以說是「痛苦」？該怎麼肯定自己的人生才好？

我什麼也不明白。

II

陽光很溫暖。

遠方的山蒙著一層霧，春天的景色一片朦朧。

我就讀的露草高中蓋在鎮上的中心位置。

這裡也是，校區被包圍在綠色的菱形圍欄中。

只有校舍入口鞋櫃和正面玄關前方的路上綿延著整排的櫻花樹，現在正是盛開期。今日無風，所以樹枝紋絲不動，花瓣也沒有落得那麼多。

老師不知為何站在入口鞋櫃處，平常不是這樣的。我默默地從旁走過，換穿室內鞋，從四面八方傳來說話聲，微妙地浮躁，走路的學生和老師步伐也有慌亂的感覺。

是個有某種不好預感的早晨。

或許是我多心了吧——飄著微微的血腥味。

阿久津冴繪在那裡。

她從走廊另一側走來。阿久津舉手投足沒有絲毫多餘的動作，就算只看她的走路方式，也能感覺得到尖銳的氣勢，不分男女，所有學生都被她的舉止吸引，她的魅力的本質，或許是畏懼。太尖銳了因此無法親近，忍不住移開視線，是因為感受到本能的恐懼。

我和阿久津擦身而過，有點緊張，她連瞄都沒有瞄向我。她並不認識我，這也是。因為昨天的廝殺，我只是人群中的一員，單向地看著她。

即使是這樣的阿久津，也被什麼事給逼到了極限嗎？我不知道那是什麼事，也許和退出劍道社有關也說不定。

我到了二年四班的教室，窗邊，從前面數來第二個我的位子前方，三崎大也已經坐在那裡了。

大也整個人轉身，手肘靠在椅背上。

頭上是自然不做作，但又經過計算的立體髮型，俐落的身形看不出來和我穿著同一套制服，合身的衣服和充滿自信的態度竟然能產生這麼大的差別，每一次看到都讓我大感驚訝。

「早啊，陽向。」

「早啊，大也。」

打完招呼後，大也誇張地伸了個懶腰，然後盯著我的臉看。

「嗯？怎麼啦，陽向，你今天臉色很好呢，昨天睡得很好？」

「啊——這個，嗯。」

雖然沒有睡，但也不是睡眠不足，多虧了夜晚的公園，我很久沒有這麼清爽了，當然，這種事我不能說。大也一直很擔心我睡眠不足的樣子。

對了，大也和我從小學低年級開始就是朋友了，我們的關係雖然可說是兒時玩伴，但個性大概是南轅北轍。

「是喔，太好了呢。」

「謝謝，你呢？和平常一樣睡眠不足？」

「沒錯，昨天我和朋友熬夜在打電動。」

大也和我不同，他的睡眠不足原因是交遊太廣。

大也有很多朋友。

但是我只有大也一個朋友，這樣的關係讓我覺得很舒服。

我不玩社群網站，因為太麻煩了，就算有智慧型手機，也不覺得能活用其中的功能。但大也不一樣，他的社交能力好過頭了，所以與許多人來往，分散一點能力或許剛剛好吧。

「下次你也一起加入打電動吧。」

「我就不用了。」

「是喔，你要是改變心意了就跟我說吧。哪天你睡不著我來陪你，熬夜我沒問題。」

「謝謝。」

「只是我想打電動而已啦。那在第一節課之前我先睡一下，吃午餐的時候叫醒我。」

「不是第一節課之前睡一下嗎？」

「晚安。」

大也轉身向前趴在桌子上。

夜晚的公園裡，沒有一個是像大也，以及看起來會出現在大也身邊的人們那樣的人，他們有他們的煩惱，會到夜晚公園裡的人煩惱的事比較高尚，他們的煩惱比較淺薄——當然是沒有這回事。

那麼會到夜晚的公園裡的孩子，他們的煩惱，或是煩惱的方式又是什麼樣子？

村瀨學長說過，無法適應現實世界的孩子，無法跟上社會潮流的孩子會聚集到夜晚的公園裡。這，到底是什麼意思？

我和大也究竟哪裡不一樣？當然是一切都不一樣——我並沒有要玩文字遊戲的意思。

不過我可以說的是，能不去夜晚的公園最好。

本來以為已經睡著的大也突然坐起身，再一次轉過頭。

「對了，你知道自殺未遂的事嗎？」

「自殺未遂？」

「住在露草町的高中生——雖然我不認識，他讀村外的私立學校。昨天晚上，應該說是今天早上吧，我是不知道詳細時間啦，總之聽說他吞了大量安眠藥打算自殺。」

一大早就浮躁的原因是這個嗎？

「不過發現得早所以得救了。」
「那個人叫什麼名字……」
「叫什麼咧，我朋友有告訴我，等一下喔。」
大也滑著手機確認。
「喔喔，有了，叫作縣瞬。」
「……」
一瞬間，心臟用力跳了一下。
我昨天和縣學長一句話也沒說到，除了透過村瀨學長得知的事，我完全不認識縣學長，但我還是慶幸他活下來了，覺得很開心。
我擔心村瀨學長。他應該是這所高中的高三生，如果沒有請假的話，現在應該可以馬上見到他，但是我不知道該用什麼表情去見他才好，我只是想見見他，我覺得不應該為了這樣的理由而去見他。
「怎麼了？你認識嗎？」
大也說。
「我……不認識，是我認識的人認識的人。」

「是喔，這樣的話，嗯，立場很為難呢。你好好整理過自己該用什麼樣的狀態接受這個消息了嗎？」

「大概，我沒事。」

「這樣啊。」

除此之外，大也沒再多說什麼，他轉向前方，這次真的趴在桌上一動也不動。

這一整天，我都看著窗外度過。

我完全不了解縣學長，他在想什麼，他又相信什麼？為什麼昨天他會那麼執著在廝殺中——獲勝這件事情上？為什麼他要攻擊影野先生？

是因為輸了所以打算自殺嗎？

是因為贏不了所以想死嗎？

還是說有其他我不知道的規則存在？

「他不是因為輸了所以想死，不管在夜晚的公園裡被殺了多少次，白天的世界都不會死，因為沒有這樣的規則。」

村瀨學長說。

縣學長自殺未遂當天的晚上。

我再次來到公園。當時我睡不著，到了凌晨一點四十八分時，內心深處湧起了焦躁的感覺——夜晚的公園在呼喚我。和昨晚的時間不同。來到公園之後，看起來幾乎和昨晚一樣的成員已經聚集在裡面了，但是公園中央卻沒有人進行廝殺。

空氣中飄著猶豫是否該廝殺的微妙氣氛。

「晚安，水森同學。」

村瀨學長在，幸好他在。他和昨天一樣臉上堆滿笑容，臉色看起來並沒有很差。

就在我迷惘不知該說什麼時。

「那個混帳東西，竟然想要去死，我下次要去看看他。」

村瀨學長像要吸引我的注意力般先開口了。

「可能害你多操心了，你不需要擔心。」

「我……那個，我這麼說可能很無情，不過我擔心的是你。我當然也很開心縣學長還活著，只是我不太認識他。」

「啊，這樣啊，原來如此，嗯，我覺得這樣就夠了。」

「對不起。」

「為什麼你要道歉？這不需要道歉，你不是很為我擔心嗎？謝謝。」

「不會……」

我沒有做什麼需要讓人道謝的事。

「啊，萬一你誤會就不好了，所以我在這裡說清楚。縣不是因為輸了所以才想死，不管在夜晚的公園被殺了幾次，在白天的世界都不會因此而死，因為沒有這樣的規定。就算在這裡死了，對白天世界的肉體也沒有任何影響。」

對肉體沒有影響。

「對精神呢？」

「當然會有影響，這裡是為了認識自己而存在的地方。剛才我也說過了，不是因為贏不了才去自殺，就算贏不了，在理解自己之後還是會從這裡畢業。只是萬一將自己理解為一無所有的話，繼續活著會很痛苦吧。」

一無所有，有這樣的人存在嗎？

自己的心中至少會有一個什麼吧，我忍不住這麼想。來到這裡的孩子們，每個人都被某個東西給逼到了極限，但是他們的煩惱，一定有著天壤之別。

有一些人為了我無法理解的事而痛苦。

同樣的道理，也會有一些人完全無法理解我的痛苦。

「早在你來這裡之前，縣就不曾贏過了，應該說，打從一開始他就不曾贏過任何人。他在這裡大概一年了，真的從來沒有贏過任何人。」

「他從一開始就採取那樣的戰鬥方式嗎？」

「對，不論是誰說什麼都無法阻止他。他到村外的私立學校就讀，聽說在那裡跟不上課業，或許是因為這樣吧，不知道，我也不明白他內心的想法，雖然小學時我們很要好。」

說到這裡，村瀨學長露出了既困惑又寂寞的表情。

「縣瞧不起就讀露草國中和露草高中的人，所以才採取那樣的戰鬥方式。他大概想表達自己比這座村裡的任何人知識都更豐富，雖然這樣的態度反而讓他一次都沒有贏過。」

我認為會採取模仿對方擅長的武器來互相廝殺的戰鬥方式，就表示非贏不可，結果卻連戰連敗。可是即使如此，縣學長似乎還是不願改變戰鬥方式。

「我很生氣，但是，那種惡劣的方式，也許是他拚了命地在發出求救訊號，我今天這麼想。」

或許我發現得太晚了——村瀨學長這麼補充。

我一句話也說不出來。他沒有死所以不算晚，這不是件能說得這麼輕鬆的事，這種安慰只是一種毒。

「緣分真是不可思議呢。」

「緣分？」

話題跳得好快。

「如果你再晚一天來這裡的話……我這麼想，如果是這樣的話，那麼你就不會看到縣了，我也不會和其他人說這些話，透過和你交談，讓我整理好了某些東西。也許，如果沒有和你交談，我就不會明確意識到現在的感受了。」

雖然我不是很懂，村瀨學長說。

「我沒有察覺到縣發出來的求救訊號，沒能幫助到他，想要幫助他人的這個心願，我覺得是件非常傲慢的事，而教導他人某些事的這個行為，也是同樣的傲慢，所以我一直沒有下定決心。但是，我決定停止依賴了。」

村瀨學長直直地看著我，他的眼裡，有著我應該做為目標的東西，我感覺到，能夠看到那個東西的機會，就只有現在了。

「我要成為幼教師。」

我想要一字不漏吸收村瀨學長的話，所以非常專心地傾聽。

「昨天我和你說過了吧，我沒有辦法好好用言語表達我的想法，這樣根本沒辦法教孩子們什麼東西。」

「你有說過。」

「或許不需要表達得很好，我只需要想著我想傳達自己的一切——或許這種想法才是最重要的。」

這番話對我來說太難了。

村瀨學長正走在比我遙遠太多太多的前方，或許那是一年以上的前方。

「我不會再來這裡了，我今天就要畢業了。」

說完，村瀨學長往前走去。他的目標，似乎是放在公園角落裡的那臺平臺鋼琴。

想要成為幼教師嗎？

村瀨學長坐上鋼琴前的椅子，翻開琴蓋，拿開酒紅色的鍵盤布，盯著琴鍵一會兒。

「這臺鋼琴，是我創造出來的。每次來到這裡我都會創造出來，但在人前彈琴還是第一次呢。」

「為什麼？」

「單純因為彈得太糟了，我是去年才開始學琴，還不到在他人面前彈琴的程度，而且還是平臺鋼琴耶，不覺得太不知天高地厚了嗎？不過說到鋼琴，我只想得到這個。」

村瀨學長一臉不好意思地搔了搔頭。

「我現在也覺得害羞死了，但是，嗯，我要彈，我希望你能聽我彈。」

「我願意聽。」

雖然不需要宣之於口，但我還是說出來。

對話停止，村瀨學長的手指放在琴鍵上。

開始彈奏。

我不知道這是什麼曲子。

音數很少，很辛苦地用雙手彈，但還是彈得斷斷續續。琴聲響徹夜空，我自然而然地閉上眼，大概兩分鐘左右，演奏就結束了。

我聽見許多腳步聲，所以張開眼睛。今天沒有進行厮殺，閒得發慌的孩子們聚到了鋼琴四周，不知道什麼時候，影野先生站在我身邊，阿久津冴繪和瀧本蒼衣也在。村瀨學長再一次從頭開始彈起，大家都聽得入神了。

那樣的樂音，我大概一輩子忘不了。

第二次的演奏結束後，村瀨學長一一看向站在周圍的人，然後視線再一次看往鋼琴。

站起身。

村瀨學長的四周被眾多人群包圍，其中也有流著淚的人，看得出來他受到許多人仰慕。村瀨學長今天將從這裡畢業，知道他這個決心的人只有我，但是聽到剛才的琴聲之後，大家應該都能了解他不會再到這裡來了吧，所以紛紛向他道謝。

站在身旁的影野先生說：

「以後會很寂寞呢。」

我也點頭。

村瀨學長的琴聲裡隱含了未來。

同時，我想起了縣學長。

「……影野先生，我害怕未來。」

村瀨學長抓住了某個東西，而縣學長則被某個東西給壓垮了。

這兩種未來，我都害怕。

不論是持續向前的未來，或是止步不前的未來。

「你只要不捨棄自己的好，就不用擔心喔。」

影野先生的回答不只是單純的安慰。

隔天晚上。

村瀨學長沒有到公園來，就像他自己說的，不會再到公園來了吧。

所以我在週間的白天——學校裡去見了村瀨學長，我事先問了他的班級。我來到三年一班，請附近不認識的學長幫我叫村瀨學長，村瀨學長很快就出來了。因為在教室有點那個，所以學長說到音樂教室談，最近他似乎將午休時間都拿去練習鋼琴了。

音樂教室和普通教室不同，是矮階一層一層往上疊的結構，村瀨學長站在鋼琴附近。

「剛好，我有事情忘了和你說。」

「什麼？」

「從夜晚的公園畢業之後——畢業的定義是『自己認定已經畢業了』。只要畢業之後，在那裡的記憶就會慢慢消失。」

「什麼?!」

「好像一年後就會完全忘記，在那裡遇見的人的相關記憶，會被替換成白天有可能尋常發生的記憶，我和你也許會變成是在白天的學校裡認識的。」

我聽見了窗外的歡快聲，有人在操場踢足球和打棒球，他們迅速吃完午餐，所以可以玩得比較久。

「你想想看，這種事還是不要記得的好，不過就算失去記憶，在那裡體驗到的感受也不會忘記。」

「說的，也是。」

雖然寂寞……但我也覺得在失去記憶前與後，那個人所擁有的東西不會有任何改變。

「暫時我還會記得，所以有事想商量的話隨時可以來找我，還有在夜晚的公園時可以和影野先生商量。」

「好，謝謝你。那個……」

「嗯？」

「鋼琴，你彈得很好。」

終於說出口了。

聽見我的話，村瀨學長笑了起來。

「謝謝你，水森同學，希望有一天能彈給縣聽，這是我的夢想。」

◑

到了晚上就往公園走。或許我也差不多習慣那裡了，但是我依然一次也沒有廝殺過。村瀨學長不在了以後，我也有些意興闌珊，我看向公園角落，以往在那裡的平臺鋼琴，現在已經不見了。

我在這裡還沒做過任何事，還沒發現任何東西，雖然村瀨學長說來不來都是個人自由，但現在的我沒有不來的選項。

之後大概有一星期，我每天都到公園報到，觀察廝殺的狀況。

首先，每一天的對戰次數都不一樣。

有時候一天一場廝殺也沒有，有時候一天多達十場以上。

沒有用拳頭互毆的廝殺類型。

總覺得廝殺時，頻繁出現創造出學校物品當作武器的狀況，例如變出書包當作盾牌，或是創造出大量學校的桌椅，然後想壓死對手的人。但另一方面，卻不曾看過平常打棒球的人將金屬球棒當作武器。

廝殺時創造出來的武器，感覺似乎不只是單純自己的喜好，而是牽扯著更複雜的某種東西。

就我的感覺，越是創造出適合近身戰使用的武器，那個人就越強，不過這單純只是一種傾向，所以在這裡，揮刀的人比使用手槍的人更強。事實上，創造出刀來廝殺的阿久津冴繪是這裡的最強者，她早在我開始觀戰以前，就一次也沒輸過。同時，創造出脆弱的刀的縣學長，他的強烈感受也因此格外顯眼。

「晚安，水森陽向同學。」

影野先生不知什麼時候站在我旁邊，這個人會突然出現。

「晚安，影野先生。」

我也向他打招呼。村瀨學長不在這裡之後，影野先生就成為我的談話對象了。

「對了，這裡大家都不滑手機呢。」

「我想你應該也是這樣，來這裡的孩子們都沒有在玩社群網站，甚至連有沒有手機都不一定呢。」

「為什麼？」

「原因和你一樣呀。」

雖然我覺得這是個狡猾的答案，不過或許是我一開始問題就問得不夠好吧。阿久津冴繪從正在談話的我和影野先生眼前，往公園中央前進。

和阿久津對峙的是國中年紀的少女，黑色的鮑伯頭有著紅色的挑染，不知道是只有在這個公園才做這樣的髮型，還是平常就是這樣了。服裝是長版針織外套搭配短褲，雖然經常在公園看見她，但這是第一次看她上場廝殺。

「她是志木幽，國中二年級的女孩，對戰方式是使用畫筆，很有趣。她想要在廝殺時表現出內心的某些東西。」

「那個……雖然很感謝你的解說，但是個人資料之類的可以說嗎？可以隨便告訴我嗎？」

雖然聽都聽了，但我還是問問。

「我已經取得她的同意了。啊，你的事我可以告訴其他來這個公園裡的孩子嗎？」

「這個我倒是不在意。」

廝殺開始了。

志木幽動了，她用拿在手上的畫筆在空中畫出黃色的線，那條線變成了雷電。

瞬間的閃光與轟鳴聲。

刺眼的光向阿久津襲擊，與此同時阿久津的手臂有了動作，我的眼睛來不及捕捉發生了什麼事，巨大的火花彈開，那是一瞬間的交錯，一絲餘韻也無。沒錯，那大概交錯了，刀與雷電，在我眼底留下的殘影，描繪著雙方這樣的軌跡。

持刀橫劈狀態下靜止的阿久津。

與頭被砍下的志木幽站著。連什麼時候頭飛出去了都不知道，頭顱掉在五十公尺前方處，隔了一秒，身體倒向地面。

喂，等等，該不會。

「她劈開了雷電呢。」

影野先生一派輕鬆地說著。這又不是名刀逸事。

「哎呀，阿久津冴繪同學還真強呢，她從去年秋天左右開始來到公園，卻一次也沒輸過喔。」

復活的志木幽時不時側眼瞄著阿久津，簡直像在偷窺，她的臉上布滿彷彿在說著「這傢伙太誇張了吧」的畏懼表情，我非常能夠理解她的心情。

最後，志木幽一言不發地離開公園中央。

阿久津也一樣離開中央，然後不知為何朝我的方向走來。

噴濺在阿久津臉上的血彷彿融進了夜色中一樣逐漸消失，她的手中握著出鞘的刀，在我面前停了下來。

「……喂，你。」

她向我搭話，然後出現了微妙的停頓。她的揮刀技術那麼銳利，說話方式卻很遲鈍，但是聲音像水一般清澈。

「你還沒有廝殺過對吧？」

「呃，嗯。」

「和我來一場吧。」

她邀我。握著刀這麼說，有一種不容拒絕的感覺，真的很可怕，我向站在身邊的影野先生求助。

「現在，會不會就是那個時候呢？」

他模稜兩可地這麼說。

忽然，我發現公園比平常還要安靜許多，包圍著公園中央，大約四十名少年少女們正看著我。

中央空蕩蕩的。

看來，是為了我特地空下來。

「跟我來。」

我明明沒有答應，阿久津卻轉身往公園中央走去，留下人牆往兩旁退去而空出的一條路，不知不覺間，和我的廝殺已成了確定事實。我沒了退路。

現在，此時此刻，就是那個時候嗎？

我沒有什麼真實的感受，雖然不是很明白，但仔細一想，我也沒有積極拒絕她的理由，而且如果不是被他人安排至此，我確實不會自己行動。

我下定決心，跟在阿久津身後踏進了公園中央。

阿久津看著我，她將我視為是應該殺死的敵人。

我覺得這似乎是我第一次映照在阿久津的眼裡。

阿久津一言不發，將刀擺在中段姿勢。刀身反射月光，我覺得她手上握著的是月光，刀尖彷彿抵在了我的喉頭，讓我喘不過氣，夜晚變得更暗，空氣更凝重，肌膚更冰冷，我的手指一動也動不了。我不想動，阿久津正等著我動作。

我像是要甩開沉重的空氣般，伸手向空中。

喜歡的東西、興趣、特殊技能、能做的事、想做的事。

我沒有能夠挺起胸膛說這是我的興趣的東西，也沒有特殊技能。我不知道從哪裡開始才能算是特殊技能，也沒有能做的事想做的事，因為現在太難熬了，因為現在太痛苦了，根本無法思考未來的事，我害怕未來。

即使如此，我的內心。

確實有著什麼。

以前，曾有過什麼，就算只有這樣也足夠了。

我創造出魔術方塊。

那是以前喜歡的，甚至像是刪去法般的東西，但是現在的我非常需要這個東西，要在這裡進行廝殺——能夠與阿久津匹敵的物品，就只有這個了，我很自然地這麼想。

沒有開始的信號。

在我創造出魔術方塊後，阿久津就進攻了。

我將創造出來的魔術方塊像子彈般射出，不需要碰到也可以在某種範圍隨意控制它，但是一道閃光就將它劈落了。這也難怪，這種戰鬥方式不論怎麼打都贏不了阿久津。

就像志木幽用畫筆創造出雷電那樣。

需要魔術方塊的——需要玩魔術方塊時的回憶，需要為它賦予屬於我的意義。當然，阿久津不會等我，她已經逼近我的面前，只要她揮刀，我連想用眼睛追尋刀的軌跡都沒有辦法。

可說是一擊必殺。

那是個普通攻擊都必中必死的可怕對手。

已經沒時間了，我盡最大的所能創造出最多的魔術方塊，我想爭取思考時間。大量的魔術方塊填滿了我和阿久津之間，阿久津一邊劈開掉在地上的東西以及飄在空中的東西一邊前進。

不行了，她絲毫沒有停止，連想爭取時間都做不到。

刀尖從旁經過，劃過我的脖子皮膚。

就在瀕臨危機的瞬間——在我腦中的魔術方塊轉了起來。

被劈開的大量魔術方塊分解，大批色彩鮮豔的小方塊飄在空中，那是可以塞滿四周空間的量，即使是阿久津也停了下來，採取警戒姿勢。
只要阿久津再揮一刀，我就死定了。
雖然這麼想，但或許在危急之際勉強趕上了也說不定。
小方塊一起動了起來，盔甲般完全覆蓋我的身周，六個顏色隨意配置，從外面看起來大概像是馬賽克圖樣吧，一個每一面不知道有幾個小方塊的超巨大魔術方塊完成。
因為裡面是空洞的——或者說因為我在裡面，所以大概無法轉動。
這是什麼啊。
我被關了起來。因為壁面是透明的。所以可以從內部看到外面，但是身體卻不太能動，這樣根本沒辦法攻擊啊，就像烏龜躲進自己的殼裡面一樣。到底該怎麼辦才好，明明是自己的能力，自己卻不知道它想怎麼樣。
阿久津一副機不可失的樣子再次動了起來。
往前一踏，往橫揮刀。
結束了，我以為。
火花噴散，發出堅硬的東西互相碰撞的聲音，至少那不是滑順的聲音。過了一會兒我才發現。
刀子彈開了。
阿久津的表情充滿驚愕，從裡面也看得見。我也吃了一驚，比阿久津的刀法還要堅固，這是個令人開心的誤算，話雖這麼說，我卻不知道發動攻擊的方式。阿久津一次又一次揮刀，卻劈不開魔術方塊，所有的攻擊都被彈開了，關在裡面的我動彈不得。
時間限制，有這種東西嗎？
身為裁判的影野先生會怎麼判斷呢？雖然勝負沒有意義，但這樣應該是不行的吧？究竟能從這場廝殺裡獲得什麼東西？是了解我的性格有多惡劣嗎？還是因為缺少自主性和積極性，所以我的能力想要糾正我？
阿久津不放棄，一直不停揮刀。總會有被她劈開的時候吧？不知道有沒有設定物理性的承受度，明明是自己的能力，卻一點也不了解。不過我創造出來的東西還真特別，如果創造出更簡單一點的東西就好了，但是我並沒有簡單的能力。
好想輸，我甚至開始這麼想。不想給對方造成困擾，觀戰的人群也覺得很無聊吧，可以結束了，對我來說廝殺還太早了。

不知道是不是這個心願傳達了出去，保護著我喉嚨附近的方塊開始一個一個剝落。

阿久津停止了。

她直直地盯著喉嚨附近大開的空洞，用恐怖的銳利眼神盯著。

她舉起刀，然後。

一動也不動。

只有握著刀的手在顫抖。

一般來說，只要一記突刺就結束了。以阿久津的技術而言，要刺穿喉嚨根本輕而易舉，但是阿久津卻沒有動作，不僅如此，她的呼吸還越來越紊亂。

我也無法移動身體，喉嚨附近門戶大開。

這是一段不可思議的停頓，如果我是圍觀人群應該非常困惑吧。

水森陽向是不是用某種看不見的能力在進行攻擊——那是個即使被人這麼認為也不奇怪的場面，不過我絕對什麼也沒做。

結果最後，阿久津倒下了。

「砰」地突然倒下，然後不再起身。

她失去意識了。

包覆著我的魔術方塊四散，像被地面吸收一樣消失了，群眾的表情和他們的反應直接地傳達出來，每個人都一臉微妙的神情，那是「那傢伙到底做了什麼！」的表情。

我也想知道。

我贏了最強者。

毫無實感，我只是呆立當場。

◑

輸給我的阿久津不再到公園來，她應該不是畢業了，因為我看過村瀨學長畢業的過程，所以知道阿久津不是，然後她似乎白天的學校也請假了。

失去了最強者的地方，似乎飄蕩著意興闌珊的停滯感。

「你在說什麼啊，水森同學，從現在開始你就是最強者了。」

站在我身旁的影野先生說。

「我只是贏了一次，沒這回事吧。」

「阿久津冴繪同學可不是能夠碰巧贏過的對手。」

「那個……最強者的稱號有什麼意義嗎？」

「這個嘛，我也不知道。」

被他含混帶過了。

「……阿久津不再出現，果然是我害的嗎？」

「這種想法對阿久津冴繪同學太失禮了。」

好難呀，為什麼這樣是失禮，我不明白。

「不管怎麼樣，你應該會被觀察一陣子吧。」

的確，沒有人再來找我廝殺。

所以我就和影野先生兩個人看著其他孩子廝殺度過。想要用畫筆表現殘酷的某些東西的人、想要用左輪手槍射殺對方的人、將書包當作盾牌揮舞的人、用學校的桌椅想壓垮對方的人，每一種方式，光看就覺得他們在訴說著沉重又痛苦的什麼。

◑

我再次和阿久津對峙，是在星期五早上。

一到學校，阿久津已經站在校舍入口的鞋櫃前了。距離和她的廝殺已經過了一星期，當然她的手上沒有握著刀，但我還是感覺得到她的殺氣，而且只有她所在的地方，空氣凍得寒徹心扉。

看來她是在等我。

阿久津的視線看起來像在瞪我，我的背後竄過一陣寒顫。

「……名字。」

她小聲說。

「告訴我。」

在不自然的停頓後，她繼續說，大概是覺得只有「名字」我很難懂她的意思吧。說起來我還沒自我介紹過呢，廝殺反而跑在了前頭，順序錯了。

「水森陽向，我們同年，叫我水森就好。」

「阿久津冴繪，我是。」

「我知道，因為妳很有名。」

「我們同年。」

「呃，嗯。」

對話的速度搭不上。

「阿久津，就可以了。」

「好，阿久津，那再見。」

「……等。」

等一下——隨著這句話，我的肩膀被人抓住了，那是難以想像的力道，我還以為肩膀要被卸下來了。我往前傾，總算站直了身體。

「幹、幹嘛？」

「為什麼你會贏我？」

「我不知道。」

我老實回答後，阿久津短暫地陷入了沉默，在這段時間，許多學生從我和阿久津身旁走過，雖然沒有人停下腳步，但我知道大家都在偷瞄我們。我如坐針氈，只想趕快結束對話，才這麼一想，一群醒目的學生從旁走過，大也也在裡面，他看到我，壞心眼地眨了下眼。我已筋疲力盡。

「為什麼你知道我的弱點？」

她換了個問題。

但是答案還是一樣，所以我決定回答詳細一點。

「我自己也不知道為什麼會贏妳，那個魔術方塊會自己動作，和我的想法無關，會掐到妳的弱點也是碰巧的……應該這麼說。碰巧這個詞有語病，是魔術方塊知道妳的弱點而行動，但我什麼都不知道，贏了妳之後最害怕的人就是我了。」

阿久津沉默地聽著，這裡她也停了一下之後才開口說。

「但是你贏過我了。我想和你，再打一場，可是——」

「可是？」

「就算再打一場，我也不覺得會贏你，不管打幾次我覺得都贏不了你。如果我不改變，不論過程或結局都不會改變，可是我不知道該怎麼改變才好。」

所以她想說什麼呢？

「你的魔術方塊裡，你的想法裡一定有線索。」

「哪方面的線索？」

「讓我改變的線索，和你廝殺之後我就知道了。」

阿久津想要從我身上找出了解自己弱點的蛛絲馬跡。

「我想了解你。」

「什麼？」

「請和我、做朋友。」

阿久津有弱點，克服她弱點的關鍵，就在我的能力身上，而可以理解我的能力的人只有我，所以她想和我成為朋友——是這個意思嗎？

聽起來微妙地是個不純動機。

「……我不太會表達，但是，請和我做朋友。」

我沉默不語，於是她又加上這句。我在稍微思考之後回覆。

「朋友是這樣子的嗎？」

「什麼？」

「為了妳自己的改變而要和我成為朋友，妳的意思是這樣吧？為了某個目的而成為朋友，我實在是無法接受這樣的想法。」

因為阿久津低下了頭，所以我趕緊補充。
「我的意思不是不想幫妳……」
不管是誰，只要對方有煩惱我都想幫忙，但是為了幫忙而成為朋友，總覺得不太對。就算不是朋友我也會幫忙，也不介意在幫忙時成為朋友。
啊啊，雖然話是我說的，但我後悔自己說了這麼麻煩的話，可是如果不說出來感覺又很不舒服。
「你這麼一說，我也覺得自己很厚臉皮。可是，雖然我沒辦法好好表達，還請你聽我說。」
「妳不需要很會表達，我會好好聽妳說。」
「謝謝。那個，我原本是覺得一定要先成為朋友，不可以讓不是朋友的人幫自己的忙，所以才希望你和我當朋友——這樣。」
「我知道了，對不起說了很麻煩的話。即使不是朋友我也會幫忙喔，所以，嗯，我會幫妳，然後我們再成為朋友。」
「謝謝你。」
於是我和阿久津之間產生了奇妙的關係。

「欸，你和阿久津說了什麼？」

我和阿久津分開進到教室之後，大也正在等我。

我暗中觀察四周，有好幾個人正在偷看我們，一和我對到眼睛，就急忙往下看。因為阿久津很有名，所以在校舍入口鞋櫃前的那一幕實在是太高調了。

「對不起，我不能告訴你。」

「不用道歉啦，是你女朋友嗎？」

「不是，不是女朋友，但是我們交情有稍微比較好了，我想。」

「嗯哼，真的不是女朋友嗎？」

大也確認般地問。

「就說不是了，而且我們根本不配。」

「我說，那個什麼配不配的想法真的管他去死，不過要是有麻煩的傢伙找你碴就不好玩了。」

阿久津莫名地受歡迎，與其說是偶像般地受到歡迎，或許更接近是崇拜對象，要是被奇妙的人纏上我可受不了。

「我會先去打點好，以免你被人找碴。」

「謝謝。」

大也願意出面的話，我應該沒什麼好擔心的。

「你再對自己多一點信心吧。」

「我不是對自己沒信心，你是我的朋友，如果你肯定我的話，我也可以很大程度地肯定自己。但並不是自己的所有一切都能夠肯定，我不知道其中的平衡。」

「這種思考方式是你的優點，也是你的缺點呢，我不會說是你想太多了，也不會叫你不要再想了。平衡嗎？平衡啊，那你試著再往正向那邊多傾斜一點吧。」

「我會試試看，謝謝。」

放學後，阿久津來到我的教室，她那股行動力是怎麼回事啊！結果，因為回家的路直到半途都是同樣的方向，所以我們就一起走回家。

太陽高掛空中，天色還早，我和阿久津並肩走著，來自其他放學中的學生的好奇視線讓我渾身不對勁。

我和阿久津都不是會自己積極開啟話題的類型，所以就算是一起回家，也必然是持續沉默，我不知道開啟話題的契機是什麼。我們走過學校附近寂寥的商店街。

「說話真難呢。」

阿久津先說道。

「嗯。」

「我雖然是想和你說話才一起回家的，但卻不知道該說什麼。」

「我也不知道，真傷腦筋呢。」

我想你應該隱約察覺到了，阿久津在起了個頭後，突然進入正題。

「……我沒有辦法打出突刺。」

就算再怎麼苦惱於話題，這也太過直球了吧，我連忙做好內心的準備，

「這、這樣啊。」一邊回答一邊動著腦筋。

沒辦法打出突刺，這裡面有著某個東西連結阿久津與夜晚的公園吧。

然後阿久津陷入長長的沉默，那是彷彿在拚命思考某些事的沉默，她或許想

說些難以表達的事。過了一會兒。

「……不管怎麼做，我都，覺得很害怕。我當然也害怕被那招攻擊，但是我更怕使出那招。」

她開始繼續說下去，所以我問她。

「可是妳不是參加了全國大賽嗎？」

阿久津去年夏天，以女子劍道社的高中體育賽個人賽參加了全國大賽，因為她在全校朝會中接受鼓勵，所以我也記得這件事。但是在該場大賽之後，她不知為何就退出了社團，雖然學校裡傳言滿天飛，不過似乎沒有一個人知道理由是什麼。

「我在第一戰裡就慘敗了，全國大賽沒那麼簡單。」

是因為這樣嗎？因為該使出的招式一招也沒使出來。不過這個情況，就算沒能使出招式，或許還是該稱讚能夠參加全國大賽的阿久津很厲害，況且她還只是一年級。

「那時候，對方使出驚人的突刺，那股恐懼感一直盤據我的腦中，我覺得好像有很多事，那個，只是因為那一次的突刺就崩毀了。」

「……」

「所以我才退出社團，我爸爸大暴怒，我媽媽則是哭了，他們兩人都不願意問我原因。」

「嗯。」

「雖然就算他們問我，我也沒辦法好好表達出來，但我還是希望他們能問。」

即使爸爸暴怒媽媽流淚，阿久津依然選擇退出社團嗎？但是她在那個時間點前後，開始出現在夜晚的公園裡。影野先生說阿久津大約是在去年秋天開始到夜晚的公園，所以時間是一致的。

「社團其他成員說了什麼？」

「叫我不要退出，說我……不論是什麼樣的煩惱都可以戰勝。」

「這樣啊。」

我又不是阿久津的社團同伴卻聽她訴說煩惱，感覺很奇妙。雖然其中一個原因是只有我贏過阿久津，但我覺得比起那個原因，運氣、緣分、時機等成分占比更大。

「……我明明，就可以砍下別人的頭。」

那是個既恐怖又超現實，然而卻彷彿濃縮了阿久津切身之痛的言論。

「對不起，這句話很可怕吧。」

「不會，嗯，沒關係啦。」

我不知道該說什麼，結果一句話也說不出來。或許是阿久津的話語太過強烈了，兩個人都沉默了下來，下一個話題一直打不開。

「水森，你會看漫畫之類的嗎？」

在一陣思考之後，阿久津抛了個話題過來。

「會啊。」

「是喔，我們家不能看。」

「什麼意思？」

「我們家的教育原則禁止看漫畫，只能看死後五十年以上的文豪著作以及紀實書籍，而且絕對不能出現在書架上。」

「書架？」

「對，書架。我爸爸說從放在書架上的書可以看出一個人的教養，所以不能忍受放漫畫，他會生氣。」

好嚴格的家庭。說起來我聽說阿久津也很會讀書，也許是她身上壓倒性的殺氣，讓大家只關注在她的運動神經有多好，不過基本上她文武雙全，什麼都會。

不——是被教育成什麼都會的吧？

「我啊，喜歡一本叫作《愛與和平與夢想與希望》的漫畫。」

「啊，我也喜歡喔，那本漫畫。」

「裡面不是有個拿刀殺人的女孩子嗎？」

「妳是指女主角？」

「對，女主角。我家明明不能看漫畫的，但是……那個、那個女孩子很吸引我，所以我買了漫畫，把那個，藏在，桌子抽屜的深處。」

「嗯。」

「爸爸不知道，那本漫畫的事，也不知道，我有那本漫畫。這個，嗯，該怎麼說……」

雖然阿久津說到一半，但我總覺得抓到了她想說的話。

「我覺得很好呀，有自己的秘密。」

「……嗯。」

是說在夜晚的公園裡互相廝殺這件事本身就算得上是個秘密了，不過這感覺上比較像是夢。阿久津偷偷收藏了漫畫這件事，則是更有現實感的秘密。

阿久津不論是在夜晚的公園這種像是某種夢裡的空間，或是在現實中，都只能偷偷擁有殘虐的某種東西。她的家教嚴格，不但出身名門，追溯祖先源頭，似乎還是武士世家，阿久津會在廝殺時創造出刀，單純是因為受到《愛與和平與夢想與希望》的女主角影響——我認為應該不只是這樣的原因。

「我在書上看到，對雙親隱瞞事情，是邁向獨立自主的第一步。」

「這樣子啊。」

阿久津說完，像是陷入思考一樣地沉默了下來。

剛才我聽到的事和阿久津心中各式各樣的想法，似乎緊密地接上了。但是最後，其他人能見到的她的煩惱端倪，就只有「害怕突刺」這麼一個而已。

我想像一棵很大的樹。

分生成許多條的樹根隱藏在地底中，雖然有各種原因，但最終只能看見粗壯的樹幹這個結果而已。不僅如此，從樹幹分支出去的衍生結果，也被茂密的樹葉給掩蓋住了。

他人的事，我們能看見的就只有簡單易懂的部分。

阿久津和我，都不再說話。

我們配合著彼此的步幅並肩前行。

視線看向遠方群山。

冬天時清晰可見的山稜現在一片模糊，是春天的山嵐。

是否有一天，阿久津將能和某個人訴說自己煩惱的本質呢？

如果那個時候到來，就算那個人不是我也沒關係，我這麼認為。我只是為了讓阿久津抓住某個東西的中繼站也沒關係，只要人與人能夠這樣聯繫下去，那就夠了。

「……嗯，那個，你的，魔術方塊。」

「嗯？」

「回憶，跟我說。」

「啊——這個，抱歉，這件事不能說，那是我的那個，還沒辦法解決的問題，所以在昨天的廝殺裡，我才會創造出魔術方塊。和妳一樣，我還無法好好表達出來，對不起。」

「……對不起，我問了你很難回答的問題，希望有一天你能夠說出來，就算聽你說的人不是我也沒關係。」

這句話彷彿滲透進了我的內心，我們擁有相似的感受性，我沒想過這會是如此令人開心的一件事。

回到房間，我抽出放在書架上的《愛與和平與夢想與希望》的單行本。阿久津的這本漫畫藏在抽屜的深處。

《愛與和平與夢想與希望》的故事摘要，簡單來說如下。

暗中擁有超能力的國高中生遭到神秘的存在綁架，然後他們被不可思議的力量關在與世隔絕的廢村中，並且被迫互相殘殺。而能夠從廢村中離開的，只有唯一一個活下來的人。

村子的中心，殘存著一間搖搖欲墜的廢校，那是死亡遊戲的象徵。

巧合的是，男主角與女主角都擁有使用刀的超能力，因為這樣的緣分，兩人組成搭檔，一個接一個殺掉其他的孩子。當然不是只有男主角和女主角這麼異常，其他的出場角色也或多或少會殺人，因為他們就是受到這樣的強迫。

書中的季節是夏天。

因為背景舞臺是鄉下的廢村，所以到了晚上，螢火蟲就會在村裡四處飛舞。為了不被其他孩子發現，出場角色漸漸地不在白天行動。所以到了晚上，在星光與螢火蟲的光芒下，進行了好幾次夢幻的殺戮。

漫畫在週刊上連載，我也每個星期追看。故事發展迅速，主要角色以滿快的速度一個個死去，而在這之中看見了生命的光輝。

若用不怕被誤解的方式來說，就是看了很療癒。

我闔上快速翻過的單行本並放回書架上。

只有一個人可以活下來——這個設定深深地吸引了我。

例如我和阿久津都是高二生，已經到了必須思考未來的年紀，小時候擁有的無限可能性，正在逐漸消失。大考及就業，這種人生各個階段的大型活動，某些地方總會讓我想起死亡遊戲。

可能性有很多個，但能夠迎接的未來只有一個。

就算將內心千絲萬縷的煩惱化成言語，也只能取出其中之一。

就算有無數個原因，表現出來的結果也只有一個。

因為學校是個獨特的封閉空間，所以給我一種被關在裡面的感覺，對我來說家裡也是一樣，待在裡面很不舒服，但是又不能逃離。村瀨學長說，什麼東西都沒有的公園就像牢籠一樣。

被關在裡面，然後逃離。

只有一個人可以活下來。

那裡或許有著與現實毗鄰的普遍性。

白天閱讀死亡遊戲這類的虛構小說，夜晚實際互相廝殺，在這之間則是和家人令人窒息地用餐。死了還會復活，閱讀死亡的故事獲得療癒。言語在心中一點一滴死亡，想法則是一貫地混沌未明便即將死去。

在夢幻的廝殺的尾聲裡會有什麼，我還不知道。

III

志木幽被左輪手槍擊穿額頭死亡。

幽握著的畫筆掉落地面，發出清脆短促的聲響。

當然這是夜晚的公園裡發生的事，流出的血像影片倒轉般回到身體，幽復活了。

今晚也平安進行了廝殺。

「最近天氣變得很暖和了呢。」

阿久津說。她還是一樣穿著制服。

在那之後阿久津又回到公園，今天也站在我身旁一起觀看廝殺。

不知不覺間，已經到了五月。

這是櫻樹嫩葉隨風搖曳的時節，雖然是黃金週連假的假期正中，但沒有參加社團的我時間多得是，高一時的打工也因為有一段時間反胃的感覺變得很強烈而辭掉了。

從那之後，我開始白天看漫畫度過，晚上則到公園去。

和阿久津對戰之後，我不曾再廝殺過，是說根本沒有人來找我挑戰，大概是因為阿久津就在我附近，很難來邀我吧。

這樣的阿久津也和我一樣，不再和他人廝殺。

「因為我害怕再次輸掉。」

阿久津這麼回答。

在這樣的我和阿久津眼前，使用畫筆的志木幽，輸給了使用左輪手槍的少年，因此從公園中央離開，然後往附近的少女那裡走去。

「姊姊被射中啦。」

「嗯，我看到了，也畫下來了。」

「哇，太詭異了吧，這真的是我的屍體？」

這樣的對話傳了過來，帶著些微暖意的超現實對話。

志木幽的說話對象是她的妹妹志木仄。

她抱膝坐在地上，膝蓋上放著素描簿，身穿過大的帽T以及寬鬆的牛仔褲，也許她喜歡比較不合身的衣服吧，髮型與姊妹相似，黑色的鮑伯頭加上藍色的挑染。

以前影野先生曾說過：「那個女孩是志木同學，國中一年級，對她來說，畫對陣廝殺的畫比任何事都來得重要，應該是吧，不過志木仄同學自己並不參加廝殺，只有畫畫才是她的本質。」

「晚安，水森陽向同學，阿久津冴繪同學。」

不知道是不是因為我在想影野先生的事，本人出現了。「晚安。」我和阿久津回禮。我現在才發現，影野先生會以全名來稱呼一個人。

「志木幽同學和志木仄同學是很不可思議的姊妹吧。」

「很不可思議嗎？」

「她們兩人都是拒學的孩子。」

影野先生突然說出不知輕重的話，這不是非當事人可以說的東西吧。

「那是可以告訴別人的資訊嗎？」

「『希望你告訴來到這座公園的其他孩子。』這是志木姊妹本人這麼要求的。」

這是什麼意思？我看向站在旁邊的阿久津，她點點頭，看來這是眾所周知的事。

「聽說妹妹仄同學沒有拒學的理由。」

阿久津像是補充說明般道。

「沒有理由？」

「該說是沒有嗎？也許比較類似無法解釋吧……」

因為阿久津困惑地遲疑了起來，所以影野先生開口了。

「她並不是遭到霸凌，不是交不到朋友，也不是有不喜歡的老師，或是跟不上學業進度，就只是無法上學，而志木仄同學自己也沒辦法解釋為什麼無法上學。」

好難懂，我無法說什麼。

「為了理解這樣的妹妹，所以姊姊志木幽也跟著拒學，不過為了不讓母親太過擔心，所以志木幽同學似乎三不五時會到學校去。」

的確是不可思議的姊妹。

不過要說誰比較難以理解的話——或許是志木幽吧。

「因為自己沒辦法好好說明這些原因，所以來到這裡的孩子們，都會希望由我事前稍作說明。」

雖然只靠剛才的解釋沒能讓我吸收任何一件事，但那是光聽就已經很有意義的一番話。這裡聚集了一群個性迥異的孩子，我重新體認到這件事。

在我和阿久津及影野先生談話時——一名少女走向公園中央，她有著不太對勁的緊張感，眼神四處游移，厚重的黑髮留到肩胛骨附近，劉海也長了點，從劉海的縫隙間可以隱約看見她慌亂轉動的眼珠，服裝是打褶長裙加上簡單的針織衫。

我對她沒有印象。

「她是佐藤海恩同學。」

影野先生為我說明。

「佐藤……海恩？」

「佐藤海恩同學是露草町出生、露草町長大的日本女孩，她的父母也都是日本人喔，也就是說，是這麼一回事。」

真是討厭的含糊說法。在這個時代，海恩可以算是閃亮亮名字嗎？雖然我覺得好像不算是，不過在這樣的鄉下日子應該不好過。

一名少年走到了那個佐藤海恩的對面。

好痞呀。

不，說是痞或許有點語病。頭髮不知道是不是燙過，呈現微微的波浪狀，長相是超級大帥哥，卻帶著些許可疑，為什麼呢？是因為眼角和嘴角看起來很輕浮嗎？服裝是帽T配上緊身褲，身形纖瘦，這個人我有印象，也知道他的名字。愛田景。

雖然不同班，但是同一所高中的二年級，印象中他是在高一時從其他縣轉學過來的，他是個被評價為頻繁更換身邊女伴的男孩子，加上他的特性，所以他似乎不受男孩子們——或許也不受女孩子們——的歡迎。我記得他和阿久津同班。

「那，來打吧。」

愛田說。他轉動肩膀之後，讓手指發出啪啦啪啦的聲音，然後緩緩地飄了起來，和緩又輕盈地。愛田飛到了夜空中，他身上帽T的帽子像雲朵一樣輕柔地飄在他的脖子周圍。

愛田俯視著公園的一切，無所畏懼地笑了。

與他對戰的佐藤海恩抬頭看著愛田，看著，看著——像是下定決心般花費了一段時間後，一隻手伸向空中。但是什麼事也沒發生，伸出的那隻手收回到原本的位置。

搞不懂她想要做什麼，飄在空中的愛田似乎也一臉問號。

這裡的廝殺沒有開始的信號，不過彼此等到對方準備好了再開始已經成為禮節。

「喂、喂，怎麼了？快點出招啊，殺了妳喔。」

愛田說。最後的「殺了妳喔。」這句話不是威脅，而是「我要攻擊了，可以吧！」的意思。

即使如此，佐藤還是什麼也沒做，只是垂著雙手低下頭。

「喂！影野先生！這要怎麼辦！」

愛田從上方說道。

本來應該站在我旁邊的影野先生，不知何時站在公園中央，他的手貼在佐藤的背後，看起來像在安慰她。

「我以裁判的權限終止這場廝殺，勝利者為愛田景同學。」

「我什麼都沒做。」

愛田飄在空中小聲說道。佐藤的肩膀動了一下，她像是被影野先生引領著一樣離開了公園中央，然後不知為何走到了我的身邊，於是影野先生、阿久津、我和佐藤，四個人併排站著。

公園中央，愛田飄在空中坐了下來。

「喂，隨便哪個人都好，來個人打一場吧。」

愛田這麼說，不知道是不是因為這句話，打倒志木幽的左輪手槍男孩走到了公園中央。這兩人正打算開始一場新的廝殺，但比起這個，我更在意站在身旁不發一語的佐藤，就在我側眼偷瞄她時，佐藤突然抬起頭，對上了我的眼睛。

「啊，是水森學長。」

「妳好，我是水森陽向。」

「你是贏過阿久津學姊的人對吧，當你創造出魔術方塊的那一刻起，那種狠角色的感覺不是開玩笑的。」

阿久津本人就站在旁邊，佐藤卻這麼說。

「阿久津學姊妳也晚安。」

「……晚安。」

佐藤向阿久津打招呼，然後再次轉向我這邊。

「你好，我是佐藤海恩，國中三年級，名字看起來雖然像外國人，但我是日本人，因為我的名字是閃亮亮名字。」

她熟練地自嘲給我看，或許是因為以往每次自我介紹都會遭到嘲笑的關係。從一開始就先貶低自己的名字，也許是佐藤的自我防衛方式。

「我可以叫妳佐藤同學嗎？」

「叫我佐藤就好了，還有，可以去掉姓直接叫我名字的人只有影野先生。」

「這樣啊，請多指教，佐藤。」

「在這種鄉下地方，名字竟然叫作海恩真的是……水森學長你覺得呢？」

可怕的問題出現了，我猶豫著該怎麼回答才好。

剛好眼前愛田和左輪手槍男孩的廝殺開始了。愛田被槍射中而死了，廝殺在數秒內即結束。

「真要說起來，海恩聽起來很像男孩子吧。」

「這個嘛……」

「水森學長，你怎麼看會搜尋『興趣 推薦』的女孩子？」

怎麼看啊……興趣這種東西是可以這樣找出來的嗎？要我誠實回答的話，答案會是「不敢相信」。

「不是有個學長叫縣瞬嗎？學長你來的時候他還在嗎？」

佐藤雖然提問，卻不等我回答就繼續說下去。

然後縣學長出現在話題中。

「在啊，我有看到縣學長的對戰。」

我從村瀨學長那裡得知縣學長出院了，之後他不曾再到公園來，但他應該不是畢業了，大概。

「這樣啊，那我想你應該明白，那個人沒有自我這種東西，所以他才會想自殺。我也一樣，雖然和縣學長有一點不同……但是，我也一樣創造不出任何東西，也許比縣學長還要糟糕，因為我連想把別人比下去的知識都沒有。」

創造不出任何東西——這就是佐藤的煩惱嗎？

連想把別人比下去的知識都沒有，我覺得這種形容的方式，透露出佐藤的煩惱的深度。

「我覺得我也會變成像縣學長那樣。」

「佐藤海恩同學和縣瞬同學不一樣。」

剛才一直沉默傾聽的影野先生開口。

「你們是不同的人，當然，我不是在說誰好誰壞，只是妳將自己的結局套用縣瞬同學的結局也沒有意義。」

他說的話還是一樣嚴厲呢。

「沒有意義嗎？真的嗎？」

佐藤一臉無法認同的樣子，而就在這個時候，輸給左輪手槍男孩的愛田離開公園中央，不知為何往我們的方向走來。

「喔？什麼什麼？在爭論嗎？是說剛才那是怎麼回事啊？」

愛田打斷對話向佐藤說道。

「用那種方式贏了也高興不起來啦，妳拿點什麼東西出來呀，態度啦，拿出妳的態度。」

「我……我什麼也沒有。」

佐藤一句話也回應不了，緊咬著下脣低下頭來，她的劉海蓋住了眼睛。

「什麼也沒有？」

「我什麼東西都創造不出來，我這個人內在什麼東西都沒有。」

「怎麼可能有這種人。」

愛田以嚴肅的口氣說道。

「就是有啊！在這裡！」

「是、是嗎？那就沒辦法了。」

佐藤以強硬的口吻反駁，愛田馬上就退縮了，然後不知為何轉向我。

「我說，這樣就沒辦法了對吧？呃，你是誰啊？」

他說。真是個不會轉移話題的傢伙。

「我是水森陽向。」

「是喔，我是愛田景。欸，嗯？等等喔，水森陽向？是贏了阿久津的那個傢伙嗎？」

「沒錯，就是贏過我的人。」

不知為何是阿久津回答。

「是喔，就是你嗎？我那時候剛好不在公園裡，所以沒看到你和阿久津的對戰。我問了觀戰的人他們也說不出個所以然，那時發生什麼事了？」

「只是碰巧獲勝而已。」

我一這麼說。

「……才不是碰巧。」「那不是碰巧。」

阿久津和佐藤同時否認。

愛田整個人退縮了起來，躲在陰影裡，連我都嚇了一跳。

「看來你很受到信賴嘛，我可沒想到這個地方竟然有人可以贏過阿久津，對吧？阿久津。」

愛田將話題拋向阿久津，但阿久津卻沒有特別反應。

「哎呀，有這種人嗎？有人可以贏過阿久津嗎？還真的有呢。」

愛田馬上見風轉舵。

「哎呀，隨便啦，我要回家了，下次見。」

然後就離開了公園。雖然是個很吵的人，但他的背影看起來似乎沒有什麼自信。

◑

五月已經過了一半。

早晚溫差變得很大，是必須注意穿著的季節。

我還是一樣沒有提出斷殺，如果我可以踏進公園中央，事情應該會變得不一樣，但我還是提不起勁。

阿久津也沒有提出斷殺。我和這樣的阿久津，不管是在學校或是夜晚的公園都經常交談，也許是因為這樣，在學校裡我們經常被投以奇異的眼光，但可能是大也先幫我打點好了一切，從來都沒人來問我：「你和阿久津同學是什麼關係」。

白鳥降落在蓄滿水的田地裡。

「是鶴。」

我不經意地這麼說。

「那是鷺鷥喔。」

阿久津糾正我。

放學後。雖然還不是很順暢，但我漸漸習慣了和阿久津對話的節奏。四周的水田反射著藍天，是水中倒影。我們現在走著的這條路，彷彿從正中間劃開藍天一樣向前延伸。

「為什麼我們無法好好表達自己的煩惱呢？」

「說出來之後就會覺得好像理解了，村瀨學長這麼說過。」

但是他將自己煩惱的事好好地用言語表達出來之後，就從夜晚的公園畢業了，如果沒有這麼做，他就無法畢業。

阿久津一直看著鷺鷥。

「將自己的煩惱用言語表達出來是畢業的條件嗎？」

「我還不知道……但是，不說出來就得不到答案。」

如果將我的煩惱，說成是因為雙親感情不睦而感到痛苦，總覺得有哪裡不對勁。

將阿久津無法使出突刺說成是「心靈創傷」，總覺得也很草率。

這麼說來，夜晚的公園並沒有取名字，連廝殺也沒有被賦予特別的名稱，公園就是公園，廝殺也只是廝殺。對於無法好好以言語表達自己煩惱的我們來說，或許沒有比這裡更適合的地方了。

「如果變得更更更強悍，是不是就能得出答案？」

「……」

阿久津所說的強悍是什麼呢？

鷺鷥展翅飛翔，消失在山的那一頭。

◑

自從開始到了夜晚的公園以後，雖然沒有睡覺，但是因為睡眠不足引發的倦怠感消失了。不知是否得利於此，反胃的頻率也有些許降低。

今天是假日，所以我想要久違地出門一趟。

換好衣服走到一樓，爸爸在客廳裡看電視，這個時間媽媽正在鄰村的大型百貨公司裡工作。兩人同時在家時，他們都不會走出自己的房間。

「陽向，你知道《愛與和平與夢想與希望》這本漫畫嗎？」

爸爸出聲叫我，而且是為了漫畫。

「我是知道啦。」

「你也有在看嗎？」

「是有啦。」

「剛才電視在介紹，說是十幾歲的學生很喜歡，裡面不是很殘忍嗎？」

爸爸的視線還是一直盯著電視。

「馬上就要期中考了吧？只要成績不下滑，想看什麼都隨便你。」

其實根本不是真心這麼想的吧。

語氣中傳來了不滿的感覺。

「爸爸，你也去看看就知道了，那不是只有殘忍內容的漫畫，那裡面有為了活著而非常重要的——」

「不用了，我沒興趣。」

爸爸像是打斷我一樣回道。徹底被擊垮了。他露骨地調高電視的音量，這是不要再說了的意思，如果我沒有反駁他就好了，希望他理解的想法太天真了，但我還是無法不反駁他。

「你看著這邊說話啊，看著我這邊——」

「活著啊死亡啊這些，我年輕的時候也常常在想，但這是一件很丟臉的事，還是快點長大吧。」

「喂，等一下，我是抱著什麼樣的想法才——」

「叛逆期有很多辛苦的地方吧，不過不可以給別人添麻煩喔。」

我知道，不管我接著說什麼，爸爸都會將之歸類於「叛逆期」一個詞裡藉以逃避。

直到最後爸爸都沒有看向我。

我不再多說什麼，走上樓梯回到房間坐在床上。胃裡一直在翻攪，本來還為了反胃的次數減少而開心，結果就是這樣。我暫時躺在床上調整呼吸。

雖然沒有目的地，但總之就是想到外面去。

我感受著陽光，這麼想。

對了，到公園去吧，自從開始到夜晚的公園去之後——不，早在那之前，我就不再去白天的公園了。

我一邊走，一邊回想和爸爸的對話。

——活著啊死亡啊這些。

青春期很容易有與這方面相關的疑問，這我知道，但也不能因為這樣，就成為一個可以將之貼標籤並認定是無意義的理由。

我現在的煩惱是因為叛逆期，又或者是因為其他的原因，現在的我並無法分辨。我想，這一定是要過了十年以後再來回顧才能明白的事，所以如果被歸類於「因為是叛逆期」的話，就什麼也無法反駁了。

不過啊，由親生爸媽嘴裡說出這種話也太奇怪了吧。

這個世界上有很多光是說出口就能封殺對方的魔法言語，不過，就算告訴爸爸這一類的言語太卑鄙了，他大概也不願意理解吧。就算他說我錯了，從正面攻擊我也沒關係，我可以起身對抗。

但是爸爸，還有媽媽都背對著我，明明是他們向我攻擊，可是一旦我想反駁，他們就會巧妙地逃離，我討厭這樣。

我到了公園。

果然，綠色的菱形圍欄中什麼也沒有。

◐

到了五月下旬，期中考開始了。

休息時間我經常和大也閒聊。

「日文都說不好了，還要學英文，根本念不進去啊。」

大也一邊說，一邊闔上直到剛才都還開著的英文單字本，完全就是打算好好聊天的準備。旁邊的同學都為了下一節的英文考試，朋友之間互相出問答題，我們卻把心思花在聊天上。

「英文也很重要喔。」

不過大也成績很好，而我總是在平均上下。

「對啦，是很重要沒錯。話說我最近離家出走了。」

「什麼？去哪裡？」

「一個人住的朋友家。啊，下次我可以去住你家嗎？」

「啊——不行，最近不太方便。」

「是喔。」

大也沒有問不方便的原因，我很感謝這樣的距離感。

「你有離家出走過嗎？」

「沒有。」

連想都沒有想過。

「當爸媽讓你氣到想死時，你會怎麼做？」

「什麼也不做。」

「不要在心裡累積太多不滿喔，爸媽很強大的。只要我們認真衝撞，他們也會好好接受我們的。」

「這是離家出走的傢伙說的話嗎？」

我這麼說完，「這倒是。」大也肯定之後笑了。

「哎呀，雖然說是離家出走，但也不是認真的。而且現在這個時代，沒有爸媽的准許也不能外宿，會出現搜索票，所以這就像是吵架的一部分啦，雙方讓頭腦冷靜，回家之後繼續第二回合的感覺。在他們能夠理解之前只要不斷衝撞就好了。」

我最後一次和爸爸吵架是在什麼時候？是說我曾經和爸爸吵過架嗎？想不起來了。

「爸媽雖然唸個不停，但最後還是會接受我們的。」

「他們都背對著我，要怎麼接受我？」

「背對你？」

大也一臉真的不明白的表情。

「沒有，對不起，沒什麼。」

是我多嘴了。

鐘聲響起。

大也看起來想說些什麼，但最後還是什麼也沒說轉身向前。英文考試開始了。

◐

夜晚的公園裡有一尊大佛坐鎮。

即使是考試期間，也和平常一樣進行廝殺。雖然這麼說，但出現的孩子並不多，國中也一樣是期中考的時期。

也就是說以小學生為主在廝殺。

來這裡的人之中最年輕的——穿著藍色睡衣的瀧本蒼衣同學連戰連勝，他有一股遠離塵世的感覺，難以親近像今天這樣，如果來的人不多，他就會創造出大佛，並坐在大佛的手心上，雖然只是大約兩公尺高的迷你大佛。

總之瀧本同學很強，也許是足以和阿久津匹敵的強，當我看著他的廝殺時這麼想。

「早啊！水森學長，啊，不對，是晚安！」

當我盯著公園中央瞧時，突然有人從背後向我搭話。

我轉頭，是使用畫筆能力的女孩——志木幽站在身後，距離她一步的後方，是妹妹志木仄，她躲在姊姊背後怯怯地窺看這邊。仄雙手抱著素描簿。

從影野先生那裡聽來的資訊閃過腦海。

「問你喔，水森學長，你喜歡繪本嗎？」

幽說道。

「啊，我還沒自我介紹過，我是志木幽，然後這是我妹仄，叫我們的名字就可以了。」

是個個性慌張的女孩。

志木幽的頭髮有紅色的挑染，而志木仄的頭髮則是藍色的挑染。真是花稍，很引人注目。大概是我的視線往頭髮那邊去了，幽笑了開來。

「你很在意頭髮的顏色嗎？」

「這個，對呀。」

「想知道我為什麼要染這個顏色嗎？」

「如果妳願意告訴我的話。」

「秘——密。」

這樣啊，秘密的話就沒辦法了。

「我是不是也自我介紹一下比較好？」

「不用不用，可以不用自我介紹了，因為水森學長現在是名人呀。如果你只是想說些無所謂的個人簡介，那我不想聽。」

欸，比起這個，你喜歡繪本嗎？幽突然這麼說。

「小時候很喜歡喔。」

「大家都這麼說。」

看來她不滿意這個答案，幽嘟起了嘴，然後繼續道。

「我第一次讀到《三隻山羊》時受到了很大的衝擊喔，不是以智慧或勇氣，而是靠著純粹的武力解決問題的繪本，這還是第一次看到。」

的確是這樣的故事內容，我也記得。

「但是我就讀的幼稚園老師討厭《三隻山羊》，說是對教育不好。」

「啊，原來如此。」

「總覺得很討厭呢，該說是太過強調教育所以讓人喘不過氣，還是太道德正確所以很煩呢？但如果這麼說的話，就會被媽媽或老師罵得很慘，我已經受不了了，也就是那個啦，那個，已經那個了。」

幽的言詞無法傳達她想說的事，也許是看不下去了，仄強硬地做了結論。

「所以我們才會畫廝殺的圖。」

「沒錯，就是這個。」

幽慢了幾拍點頭。

「所以」這個連接詞很重要。

她們想要讓自己的內心和什麼東西連結，解開這個問題的鑰匙就在那裡，回想起來，從第一次來到夜晚的公園開始就是這樣了。

——有個像牢籠一樣禁止事項越來越多的公園；只要說了什麼就會被拿來借題發揮；話語被人斷章取義扭曲原意，隨隨便便就被出征；變得害怕與他人交談。因為是這樣的世道，所以孩子們在公園裡彼此廝殺。

我感覺到與這段話好好地連結了起來。

「肚子餓了，好想吃點什麼。」

仄這麼說，拉了拉幽的袖子。

「這樣啊，那，因為這樣，我們要去攤車那邊了，水森學長你呢？要不要去喝一杯？」

「妳是上班族嗎？」

「總之先來一杯，鮮奶油巧克力！」

「我不用了。」

我又喝不出味道。

「這樣嗎？那下次見。」「拜拜。」

幽和仄往攤車的方向離去。是擁有獨特感性的兩人呢，幽感覺上是個情緒高昂的人，不會踏進他人的個人領域裡；仄雖然沉默寡言，但我知道她很認真在聽我說話。

我再次環顧整個公園，影野先生「咻」地出現。

「晚安。」

我們互相打招呼，然後我開口說。

「今天人好少喔。」

「沒有來的孩子們應該是在家裡準備考試吧，畢竟在這裡廝殺時，時間也不會停止，而是正常流逝。即使在考試期間也會好好睡覺的類型大概會來這裡廝殺，而臨時抱佛腳的類型就會在家裡讀書吧。」

「但是能夠來到公園的孩子們不會睡眠不足——對吧？這樣是不是有點卑鄙啊？」

先不管孩子們要不要，二十四小時都可以在最佳狀態下讀書，某種意義上可說是無間地獄了。

啊，這點不用擔心。影野先生這麼回答。

「如果沒有實際到公園來的話，就不適用於『不會睡眠不足』這個系統了，所以大家都是在相同的條件下讀書。」

雖然我覺得那就在夜晚的公園裡讀書不就好了，不過看來是沒有這樣的人。

阿久津今天也不在，雖然我不覺得她是會臨時抱佛腳的類型，但我們的關係沒有親近到了解這麼詳細的事。

一名手中拿著可麗餅的少女從攤車那頭走了過來，是佐藤。

「晚安，影野先生，水森學長。」

「晚安，佐藤海恩同學。」「晚安，佐藤。」

影野先生和我也向她打招呼。

「今天阿久津學姊沒有來呢。」

這是我第二次和佐藤交談，或許是今天人不多，因此能夠和幽及仄等等，平常沒什麼機會接觸的人交談。

「是呀，她沒有來。」

「她好像很辛苦呢。」

「辛苦？」

「因為她是名門家族的小姐呀，聽說家教很嚴格。」
我知道他們家嚴格到不能在書架上放漫畫。
佐藤吃完可麗餅之後再次打開話匣子。
「我不太了解名門指的是什麼……是指歷史悠久嗎？阿久津學姊的爺爺做過鎮長，爸爸在鎮公所裡也是屬於上面的人。」
我想起小學的畢業典禮上，阿久津的爺爺曾經致過賀詞。
「這麼說來，這個小鎮的鎮議會議員好像還有缺額呢。」
這是我爺爺說的。佐藤繼續道。
「雖然在平成大合併中逃過一劫，不過……十年後這個小鎮會變成什麼樣子完全無法想像呢，就算消失了也不奇怪，我家的人都在說。」
「嗯，這倒是。」
令人擔心的不只是這個小鎮。
我不認為身邊的一切，十年後依然會像現在這樣存在。
「雖然我不太懂顯赫的家世是怎麼回事，不過聽說阿久津學姊不被允許軟弱。」

這還真是極度痛苦的生活方式。

「學長，你贏了這樣的阿久津學姊對吧，你是怎麼贏過她的？你喜歡魔術方塊嗎？」

距離太近了，情緒也有些高昂。話題完全轉移到我身上了。

「怎麼贏的，我也不知道。」

「……是這樣嗎？」

也許是對我的答案感到不滿，佐藤嘟起嘴。

「你明明擁有足以贏過阿久津學姊的個性，為什麼還會到夜晚的公園裡來呢？」

「個性這個詞的使用方式和我並不相符。」

「請不要把話說得很難懂來糊弄我。」

被她這麼一說確實是，或許那是個有些逃避的答案。

「那叫什麼？那一類的哲學？是嗎？我連學長你的那種說話方式都感到很羨慕，我是不是誤會了個性？」

「嗯——」

我苦於不知該如何回答，我的語彙能力大概還沒有成熟到足以傳達給佐藤吧，或許這就代表我其實理解得還不夠。

關於個性這件事。

無法訴諸言語，無法一言以蔽之。

「我超級無敵渴望個性，真的是超級超級想要。問你喔，水森學長，你贏了阿久津學姊，該怎麼樣才能像你一樣？為什麼……為什麼我一樣東西都創造不出來？」

佐藤的聲音開始嘶啞。

「我該怎麼做才好……」

最後的話語越來越微弱直至消失。

自己該怎麼做才好——這種事，我認為不該詢問他人，但是人類並沒有這麼堅強。「不要問我」，我覺得不應該丟這句話過去。

「水森學長，你身上有某種東西。」

「什麼東西？」

「我無法用言語表達，但是你有。我也要來試試看魔術方塊。」

「這麼做沒有意義，妳不是我。」

「那不然立體拼圖或一般拼圖，什麼都好，我想要接近你的某種東西。」

這個樣子，不管我說什麼都沒有用了吧，又或許藉由這個機會，她可以抓住什麼東西也說不定，畢竟我喜歡上魔術方塊的契機也是因為爸媽買給我的關係。

站在我身旁的影野先生喃喃自語道。

「個性究竟是什麼呢？」

我才想問呢。

從那之後，幾乎每一天都可以看見在玩立體拼圖、一般拼圖或是魔術方塊的佐藤。

◑

從前陣子開始，出現了對我的強度感到懷疑的聲浪。

我的廝殺次數就只有和阿久津的那一次，而且獲勝的方式也不是很清楚，「那傢伙是真的強，還是其實很弱？」這種疑心的視線一天比一天強烈。

然後終於，有人向我提出挑戰。

那是期中考結束那天的放學後——阿久津不在我身邊時。

「喂，水森，你真的很強嗎？」

是愛田景。

他穿制服的方式和大也很像，現在已經六月了所以是夏季制服，他的制服大小合身，身形非常漂亮，臉真的是個帥哥。

「你到底是怎麼贏過阿久津的？在我沒看到的時候發生了什麼事？」

說起來，愛田說過他沒有看見我和阿久津的廝殺。

「我啊，一直很想成為最強者，但是我絕對贏不了阿久津。她那人沒辦法，根本是怪物，但我覺得可以贏過你，雖然我沒看過你廝殺。」

沒禮貌……其實也不算嗎？

「所以和我來一場吧。」

「好。」

「哦，你答應了嗎？我還以為你會拒絕。」

我正好在想差不多該停止逃避了，如果不再和某個人對陣廝殺一次，我自己也無法明瞭自己的能力。或者該說因為愛田來找我，所以我才能下定決心挑戰廝殺。

「好，說定了，我要贏過你，然後從公園畢業。」

「咦？為什麼？」

「我要保持最強者的名號見好就收。」

他的思考模式還真有趣。

然後突然，從愛田身後走廊走過來的女同學拍了拍他的肩。她身上有一種誇張的妹仔氛圍，裙子超短，雖然知道她和我同年級，但和我沒有交集，當然也沒有在夜晚的公園裡見過。

「我第一次看到你和男生說話。」

那個女孩說。

「我有話和你說，現在可以嗎？」

「啊，嗯。」

愛田忽然沒有了剛才那股氣勢。

「啊，但是我還有一點話……」

「嗯？你說什麼？我聽不見啦，說清楚一點啦。」

那個女孩說。沒有不耐煩的感覺，看起來是真的沒有聽見所以才反問，但是愛田——

「不，沒什麼。下次見，水森。」

這麼說完兩人就一起離開了，那個女孩在離開之前回頭輕輕點了一下。

那天晚上。

我一到公園，中央彷彿被人預約了一樣空蕩蕩。這個地方以及來到公園的孩子們對這種情勢還真敏感呢，雖然就是因為這樣才難以對自己說謊。

我一走進公園中央，對面的人牆分開，出現了愛田的身影。

「水森，我可以認定你現在是這個地方最強的人吧？」

「嗯，沒錯。」我不是能說出這種話的人，只不過是贏了阿久津一次就說自己是最強者也太不知天高地厚了。不過就算在這裡否認了，感覺也會因為太謙虛而讓氣氛變得很怪，所以我猶豫著該怎麼回答。

「可以喔。」

不知為何影野先生回答了。

「我聽到了，很好！那我今天要贏過水森，然後從這裡畢業！」

愛田宣告。

站在我附近看起來國中年紀的少年小聲說道：「又來了。」或許這是他的慣例。

阿久津站在人群中，她已經換成夏季制服了，她看著我靜靜地點了點頭。

雖然是六月，不過晚上還是有些冷，其他孩子都穿著長袖，難道阿久津不冷嗎——想是這麼想，但我不知道該關心到哪個程度才好，結果我一句話也沒說移開了視線。

佐藤也在，她雙手拿著魔術方塊，在胸前「喀嚓喀嚓」地轉著。她明明唉嘆過擔心自己變得像縣學長一樣，卻還是做著類似的事。

如果模仿我可以讓她抓住什麼的話，我覺得倒是無所謂。

我伸手向空中創造出魔術方塊。

從一開始就創造出大量的魔術方塊。

對面的愛田輕輕地飄到夜空中，他的頭髮以及貼在背後的帽T帽子都在空中飄動。

在這座公園裡，只要相信就能飛，但我似乎沒有辦法，我的身上並沒有那種感性。

然後愛田在空中創造出巨大的岩石丟了下來。

岩石掉在我身旁碎裂。

雖然簡單卻相當強勁的能力。

愛田繼續創造出岩石並不停丟下。

無法避開——在我這麼判斷的同時，魔術方塊四散將我包覆起來，形成了一個巨大的魔術方塊盔甲，和之前一樣，我可以看見外面，也聽得見聲音。岩石掉在魔術方塊上方並碎裂，看來這次我也擋住了對方的攻擊。

「蛤？這是啥啊？防禦力全開喔？」

岩石毫無間斷地落下，每一次撞擊魔術方塊都會大力搖晃，可怕到感覺不出自己還活著。

「是說，如果一直是這樣的狀態結果會怎麼樣？欸，影野先生，有時間限制這種東西嗎？」

愛田說出了我上一次抱持的疑問。

「如果我判斷繼續下去沒有意義的話就會中止。」

影野先生回答。

「也就是說？」

「這個嘛，例如若是一直停留在這個狀態的話，在我的心證裡就會是水森陽向同學比較不利。」

「他這麼說呢，你聽到了嗎？水森！哈哈哈！」

「不可以太大意喔，愛田景同學，因為不會有……一直停留在這個狀態這種事喔。」

「這個嘛，說的也是！那我就用個有點厲害的招式吧！」

愛田回答，然後雙手往上舉高，與此同時，我的腳邊開始搖晃，我馬上就察覺到不對勁。

我整個人連同魔術方塊盔甲被迫飛了起來。

這是愛田的攻擊——而我還是依然什麼都做不了，我就這樣往上飄，超過愛田的高度，不停地一直往遙遠上空飛去。我看見的景色變了，村里、山巒與天空的交界像墨水般暈開，是黑色的漸層畫。

看得出是一個點一個點的光，大概是路燈和自動販賣機吧，但是因為民宅沒有點燈，所以天空看起來更寬闊，星星看起來更接近。澄澈通透的藍天，雖然有這樣的形容方式，不過我覺得夜空也是帶著通透的深黑色，陷入危機之後我才第一次有機會好好地看著夜空。當到了包圍這整個小鎮的群山在我下方的高度時，我發現一件奇怪的事。

遠方的——隔壁村子那一帶好像正在發光。

只是一瞬間，所以或許是我看錯了。

高度忽然急速降低，「咻」地，內臟飄了起來，我還沒來得及感受恐懼，就撞到了地面，產生一個小型的撞擊坑。但是衝擊力道並沒有傳到魔術方塊裡，也就是說，我毫髮無傷。

「你還活著嗎？」

愛田確認般地說，我從魔術方塊裡回答。

「還活著。」

「太堅固了吧！」

我也這麼認為。

愛田再次從上方丟下岩石。

「不過呢，只要我這樣繼續攻擊就是我贏了，影野先生也是這麼說的，所以我不會放棄！贏了以後就畢業，這樣或許太可惜了，我也想受人吹捧啊。如果可以贏你，那我搞不好也可以贏過阿久津，保持最強者的封號留在這裡也不錯呢！」

在他這麼說完的瞬間，感覺岩石的威力減弱了。

集中精神。我必須了解自己的能力才行，一點點就可以了。我不需要理解自己能力的一切，現在只需要一點點就夠了。

我向上伸出手。

包覆著我的魔術方塊再次四散，大量的小方塊捲起漩渦飛在空中，朝著愛田攻擊，但是並沒有直接撞擊在他身上。

我感受到風的流動，現在沒有東西在保護我，沒有這個必要。

岩石已經不再落下。

小方塊漸漸固定在愛田周圍，就像剛才包覆著我一樣，巨大的魔術方塊現在則是包覆著愛田。每一面的色塊當然都很凌亂，是個胡亂配置的馬賽克圖樣。組成一個正方體，且完全覆蓋之後，魔術方塊便直接掉落，在地上不停滾動。

只聽見沉悶的喊叫聲。

「喂，放我出去！讓我從這裡出去！好暗！什麼都看不到！」

和我的情況不同，愛田似乎看不見外面的景色。

他的聲音漸漸參雜了慌張的語調。

「飛不起來！我飛不起來啊！拜託你，放我出去！救救我！」

「愛田，你剛才說了留在這裡也不錯吧？」

「那又怎麼樣？」

「你捨棄了輕巧的自己了吧。」

「蛤啊?!所以那又怎麼樣！」

輕巧會不會是愛田的強項？

所以我為了奪走他的強項而使用能力，我相信這麼做可以走向勝利之路。

已經夠了吧，我解除了魔術方塊的能力，正方體像是被吸入地面般消失，從裡面走出來的愛田瞪著我，但是身體卻在顫抖。無法飛翔，這件事是他的弱點。

「喔啊啊啊啊啊啊啊啊啊！該死的傢伙！開什麼玩笑！」

愛田大吼。

不像之前一樣。

沒有因為對手自己失去意識而結束。

要創造的話就創造出刀吧，這是原本的我身上沒有，但在和阿久津相處之下新創造出來的道具。我創造出刀，緊握。

砍下了愛田的頭。

不需要肌力，也不需要技術，這是因為在這個地方所以才做得到的事。若在白天的世界裡就做不到了，無論是精神上、肉體上或是技術上。

鮮血噴發，濺了我全身，但是那些血很快就回到原來的地方了。

愛田的頭接了回去，他復活了。愛田一句話也沒說就離開了公園中央。

這一次，我的獲勝是否為碰巧？觀眾會如何判斷呢？我環顧四周，大家都移開了視線，我和佐藤對上眼，她不知為何笑得入迷。好可怕的反應，我撇開了視線。

「哎呀，真是直接的獲勝方式呢。」

影野先生站在我旁邊，接著繼續道。

「但是，這是必要的能力。」

「必要的……對誰來說是必要的？」
「對正在煩惱的所有人吧。水森陽向同學，你的能力或許能夠給予對戰對手重新檢視自己的機會喔。」
但是這也代表，一旦這個能力走錯了一步，就會對對方造成必要以上的傷害。
「村瀨幸太郎同學也是能夠做到這件事的人。」
「什麼意思？」
「擁有吸引他人的魅力，或是能夠自然而然幫助他人找到他們身上擁有的『某個東西』的人。村瀨幸太郎同學畢業了，而水森陽向同學——你來到了這裡，或許世界就是這樣聯繫下去的。」
「我……」
我不是像村瀨學長那樣的人，他擁有溫暖的某個東西，就連他創造出來的東西都非常美好。我不一樣，不論怎麼想我都無法替代他。
「要是讓你誤會就不好了，所以我先說清楚，我並沒有認為你是為了替代村瀨幸太郎同學才來到這裡的。」
完全被看穿我心裡在想什麼了。

「人與人之間聯繫下去，這並不是成為某個人的替代品。村瀨幸太郎同學和水森陽向同學，你們不一樣，只是兩人都擁有療癒他人的能力，我想說的是這件事，即使能力的類型不同，裡面富含的意思或許相同。」

就在我一句話也說不出來時，有人從後方拍了拍我的肩膀。是阿久津。

「水森果然很厲害，你身上有某種東西。」

這次換佐藤出現了。

「謝謝你，水森學長，我已經明白了，這樣廝殺就可以了吧。」

佐藤手上的魔術方塊六面全部都完成了。

◑

這個小鎮裡沒有書店。

因為鄰村蓋了一間大型百貨公司，以及網路購物的興盛，因此差不多在我出生的那一年倒閉了。

和愛田廝殺的隔天是星期六。

爸爸和媽媽一大早——當然是各有各的事出門了，所以家中只有我一個人。雖然我想和平常一樣看漫畫度過，但也差不多看膩了，放在書架上的漫畫這幾個月都沒有改變。

聽說《愛與和平與夢想與希望》出了新的一集，我決定出門買東西。

早上在煎太陽蛋時，平底鍋的把手有些晃動，我才發現螺絲鬆了。

雖然我找過螺絲起子但沒找到，也不想打電話給爸爸和媽媽，就去書店時路上順便買吧。

搭上電車，往隔壁大都市的市中心去。

車窗看出去的景色漸漸從水田及旱田轉變為密集的民宅。

我居住的露草町什麼都沒有。

要買東西時不是從網路上訂購，不然就是像這樣到隔壁的都市去。如果不是需要到都市買的東西，就到鄰村的大型百貨公司買，鄰村還有其他各式各樣的連鎖店進駐。

這一帶有很多標高很高的山，因此也有很多目標是登山的觀光客，但是我住的露草町完全沒有人來訪，因為沒有什麼東西可以看。

電車停在車站。

穿過驗票閘門後，愛田景站在那裡，和在夜晚的公園一樣，帽T加上緊身褲的打扮。

「喔！」「啊！」

因為眼睛對上了，當我想要簡單點個頭走過時——

「等一下。」

肩膀被抓住了，似曾相識的發展。

「我有話要說。」

「……」

我有不好的預感。

「我不是要反擊或是報仇啦，你懂的吧？那種人不會去夜晚的公園。該怎麼說，是更那個的，重要的事。」

「重要的事？」

「好了啦，別問了。」

是哪裡好了啦。

結果我被愛田拉著，往車站角落去，西出口附近沒有任何人，所以就在那裡站著說話。落地窗一面接著一面，可以看見整片遠方的景色，話雖如此，山還是一樣朦朧。

「身體怎麼樣？」

愛田說。他切入話題的方式還真隨便。

「身體喔，嗯，沒什麼變化吧。」

「是喔。」

說完，愛田突然抓了抓頭髮。

「我很不會這種開場白啊。水森，我有話要和你說。」

「嗯。」

「昨天輸給你，所以我想了很多。」

「想了很多？」

「嗯，想了很多。」

含糊帶過的愛田像在思考什麼般盯著天空。

「你的能力還真了不起，真的很了不起，讓我想起了埋藏在內心深處討厭的東西。」

「這是種超級惹人厭的能力吧。」

「不會，我這是在稱讚，聽起來不像是我的問題。」

不是在諷刺我。

我對他的反應感到困惑。

越是無法自律的人，不知為何就越想控制他人照自己的意思做，我曾經聽過這種說法。或許，我的能力之所以暴露出他人的弱點，是因為我想要隱藏自己的弱點，如果是這樣的話，這真的是個非常討厭的能力。

「對不起，景，我遲到了。」

這時候，一名女孩親暱地拍了拍愛田的肩膀，是昨天在學校也站在愛田身邊、打扮像妹仔的女孩。合身的黑色夾克配上黑色裙子，優雅的服裝，然後戴上多條項鍊及手鍊，讓裝扮不會太正式。

那名女孩看著我，快速地點了點頭，我也一邊說著「妳好」一邊點頭。

「啊，那就這樣了，水森，下次見。」

「嗯。」

結果愛田究竟想說什麼呢？

不知為何在離去前，妹仔風的女孩仔細地盯著愛田的臉看。

「奇怪？你的臉色不太好耶。」

「咦？沒什麼。」

愛田撇過臉，妹仔風女孩繞過去，更加仔細地盯著愛田的臉，當愛田想轉頭到另一邊時，她的雙手牢牢地抓住愛田的頭。

「蛤？我告訴你，就算你瞞著我我也知道。為什麼今天不拒絕我的邀約啊？」

「……因為我覺得對妳不好意思。」

愛田承認了。他的身體不舒服或許是因為昨晚廝殺的關係，我就是用了這樣的方式獲勝。

「不是什麼事都可以答應啊，如果你身體不舒服又不老實說，反而會讓我覺得傷腦筋呀。」

「……對不起。」

「真是的，算了啦，回家睡覺吧，我還有事直接過去了。」

「咦？嗯。」

「拜拜啦。一定要！好好！回、家、睡、覺！」

被人強烈地這麼說，愛田不好意思地垂下肩，無精打采地走進驗票閘門。

留下我和那名女孩。

「那就這樣，再見。」

這次我真的要去書店了。這時——

「等一下。」

肩膀被抓住了，為什麼老是這樣啊。

「你和景好像很要好地在說話，你是他朋友嗎？」

「朋友……不是吧，還不是。」

「還不是？」

接下來會怎麼樣，我不知道，但是我沒有自信能夠好好表達這種感覺，妹仔風女孩訝異地看著我，低聲道：「哼嗯。」

「啊，我是百瀨希，我們同年級。」

「嗯，我是水森陽向。」

因為是小學到高中從來沒有同班過的人，所以就算是相同年級也需要自我介紹，我的存在感薄弱大概也是其中一個原因吧。

「那傢伙啊，除了臉好看沒有其他可取之處。」

百瀨突然開口，語氣強烈。

「他從來不對女孩子說不，馬上就點頭，根本是個笨蛋，難怪被不懷好意的傢伙利用，被只看臉的人耍弄，隨便就被拋棄。這類的事情一再發生，他除了臉好看沒有其他可取之處。」

「沒這回事，他的輕巧曾經救了我。」

「輕巧？」

「沒錯，他的輕巧曾經拉了我一把，看著他就知道原來還有這樣的輕巧啊。」

因為愛田的邀請，我才能夠挑戰第二次的廝殺。如果不是那樣的人，大概不會將我拉到公園中央去吧，雖然不能詳細說明這件事。

百瀨暫時陷入沉默直盯著我看，然後——

「……景他在來露草町之前，因為爸媽工作的關係而不停轉學。」

她忽然說。

雖然眼神依舊銳利，但視線離開我身上的百瀨開口。

「因此他一直不知道該如何與人相處，就這樣活到了現在。但是因為長得好看所以會有人向他告白，可是他卻無法拒絕，真的是個笨蛋，然後他會對對方言聽計從，之後被甩。他明明絕對不會腳踏兩條船，卻被流言傳成是那樣的男人。」

不過呢，百瀨繼續說道。

「其實他是個好人，沒有辦法放著他不管，所以——」

所以。

「……沒什麼。」

百瀨沒有說出最重要的地方旋即轉身，但是我隱隱約約明白她想說什麼。

我很老實地羨慕起愛田。

在書店買完最新的《愛與和平與夢想與希望》之後，從那裡走一小段距離繞到生活百貨店去。因為我不知道螺絲的大小，於是決定買下內含各種種類以及尺寸的螺絲起子套組。

在前往最近車站的途中有個大公園，所以我就去看看了。裡面沒有遊樂器材，也沒有長椅，取而代之的是立著寫上禁止事項的告示牌。

不可以大聲喧譁、不可以打棒球等等，大致上都和我們鎮一樣。
明明是星期六，卻沒有任何一個孩子在公園裡玩。

我回到家。
進到廚房，裡面放著新的平底鍋，看來是媽媽買的，我沒有看到螺絲鬆掉的舊平底鍋。嗯，也是會有這種事的嘛，我想。
我往自己的房間走去。
將買回來的螺絲起子套組放在桌子上，拆開漫畫的塑膠封膜，不知為何現在提不起勁來看，我放到書架上，取而代之的是從抽屜深處拿出魔術方塊開始轉了起來。

這一個月，我認識了各式各樣的人。
創造出畫筆描繪出雷電，採用特殊戰鬥方式的志木幽。
不參加廝殺本身，而是畫著廝殺畫作的志木仄。
什麼東西都創造不出來，唉嘆自己沒有個性的佐藤。
異性說什麼都照單全收的帥哥，愛田景。

也和在乎愛田的妹仔風女孩百瀨希稍微交談過了。

然後——我經歷的第二次廝殺。

喀嚓，小方塊發出摩擦的聲音。

在與愛田的一戰中，我也採取了攻擊對方弱點的戰鬥方式。我想，只要出了一點差錯，就會演變成將愛田傷得更深的結果。

所以我必須好好掌握自己的能力才行，為此，我就必須先了解我自己。

說到底，為什麼我會在高中二年級這個時間點被呼喚到夜晚的公園裡呢？明明只要再稍微忍耐一下，就可以用升學這個理由光明正大地離開家裡。

爸爸和媽媽想著要把我留在這個家裡，所以應該是不想讓我到外縣市的大學就讀。爸爸和媽媽大概會來阻礙想要離家的我吧，他們一定會對我施加迂迴的精神脅迫。

但我還是可以離家。

不過我還是希望可以避免最後造成家人四分五裂的結果。

因為我的關係、因為我離家了、因為我不聽爸爸和媽媽說的話——我不希望為了這些原因破壞家庭。

如果因為我導致爸媽離婚的話，我覺得我會再也無法和其他人產生更深刻的關係。

比方說，反駁對方的言論會不會被討厭？表達自己的想法會不會讓對方退卻？說了這些之後對方會不會疏遠我？做了那件事之後對方會不會斷絕往來？我覺得會因此不得不每天戰戰兢兢地生活，結果重要的事卻再也說不出口了。

我討厭這樣，我想要好好地活著。

啊啊，這樣啊。

我不是為了破壞家人之間的關係而想要衝撞。

我是為了牽起家人之間的關係而想要衝撞。

至今我都無法以言語表達這個乍看之下彼此矛盾的心情。

即使我明白了這些，但是——

該怎麼和爸媽衝撞，我仍然毫無頭緒。

就算繼續留在家中，或是勉強離開家裡，不管哪一個選擇我都覺得自己沒有未來，覺得只會讓自己像是被慢慢凌遲一樣逐漸喪失自我肯定感。

所以我想，我才會在高中二年級的這個時間點被呼喚到夜晚的公園裡。

除了畢業前的現在，我沒有其他時間能夠拯救自己。

為了相信自己，我必須先相信他人，但是為了相信他人，我又必須先相信自己，該怎麼踏出在這種無限輪迴的世界裡的第一步才好？

我停止轉動魔術方塊，重新收進抽屜深處。

躺在床上，意識還是被抽屜的方向吸引，那裡面藏著魔術方塊。

然後不知道為什麼，思緒飛到了阿久津那邊，她將死亡遊戲的漫畫藏在抽屜深處。

我閉上眼睛。

想像著空無一物，完全的黑暗空間中，只有一本，孤單地被放在裡面的漫畫。

然後阿久津來到那裡，她拾起漫畫，開始閱讀，她的表情，看起來既快樂又悲傷。

IV

慢慢地迎來了梅雨季。

夜晚的公園覆上了一層像是透明薄膜的屏障，雨滴都被彈開了。

來到公園，收起傘，呼了口氣。

如果是小雨，我穿的風衣可以將雨彈開。但即使如此，夜裡寒氣逼人，總覺得細針似的雨從衣服的縫隙間透了進來。

今天的孩子也不多。

我抬頭看向夜空。

雨水滑過覆蓋公園的薄膜，水流形成圓頂狀，樹木搖曳的聲音被掩蓋，景色朦朧。

在被呼喚到夜晚的公園之前，到了這個季節，可以聽到外面青蛙的鳴叫聲越來越微弱，就像白天與黑夜、現實與夢境並不是瞬間切換一樣。

夜晚的公園也是位於現實漸層畫的前方吧。
或許世界是毫無間隙、徐徐緩緩地連接在一起也說不定。

◑

整天的降雨量似乎要逼近一百毫米的雨天。
放學後。景色因雨幕而朦朧，我和阿久津兩人撐著傘並肩前行。
一起回家已經漸漸變成固定模式，現在也不再有人以奇怪的眼神看著我們，或許已經被認為我們在交往了吧。
今天和阿久津的距離多了傘緣的寬度。
我們的傘不時撞在一起，然後重新調整距離。穿著夏季制服的阿久津，上臂浮現在朦朧的景色中，看起來更加白皙。
因為下雨，有一股溼潤的青草味。
「……期中考。」
阿久津說。

「嗯。」
「成績，全年級第一名。」
「嗯——什麼？咦？第一名？太強了吧。」
「被爸爸罵了。」
「蛤？為什麼？」
因為雨聲太大，我以為聽錯了。
「他說，我退出社團了，這種成績是理所當然的，或者說應該可以更高分才對吧。」
「真假啊。」
「……真的。」
是不是搞錯了嚴格的意思啦？
「如果不能考到更高的分數，爸爸就不會稱讚我。」
現在不管我說什麼，她都聽不進去吧。因為阿久津不是我，她很希望得到父親的讚美。
「但是，我該努力到什麼程度？我該變得多強才會得到認可？」

阿久津像在自言自語般喃喃說道。

我隱約明白她並不期待我回答。

「只要成績不下滑，想做什麼都隨便你。」這麼說的爸爸即使在期中考之後也不曾問過我的成績，大概是沒興趣吧。

雖然本來就是如此，不過我和阿久津的煩惱不一樣。

阿久津的父母好嚴格。

不過她不是因為嚴格才感到痛苦的吧。

和我不是因為父母感情不睦才感到痛苦的一樣。

雨勢越來越大。

我重新握緊了雨傘，傘柄冰涼。

「我可以問一點魔術方塊的事嗎？」

或許是低著頭的關係，阿久津的聲音和雨一樣落到了地面，我很勉強才聽到她的話。

「我還不知道可不可以說，不過好呀。」

「為什麼是魔術方塊？」

「……」

為什麼我會創造出魔術方塊，然後拿來廝殺呢？說起來自從小學六年級之後我就不曾玩過了。

——奇怪？

為什麼我不再玩魔術方塊了？我從很喜歡很喜歡每天都要玩，然後到了某個時候開始變得討厭它，並收進了抽屜深處——我沒辦法好好地串起這一整個過程。這時候腦海裡浮現出爸爸和媽媽的臉，他們兩人吵架的樣子和魔術方塊的回憶連結起來了，但是再之後的事就串不起來了。

想不出來？

不，感覺不太一樣。

我換個思考方式。話說從頭，為什麼爸爸和媽媽感情會變差呢？我翻找了記憶，但裡面也沒有答案。外遇或花心、照顧父母、遺產繼承、賭博、高爾夫，還有其他有的沒的，爸媽明明沒有這種可以一言以蔽之的原因，在我眼中看來，他們的感情卻越來越差。

就在我遲遲無法回答阿久津的疑問時，她好心地換了個話題。

「在那之後，我也想過了，請聽我說。」
「嗯，我聽。」
「你知道這個小鎮越來越沒有活力了嗎？」
「嗯，隱隱約約覺得有這樣的氣氛。」
鎮內的商店街很多都拉上鐵門了，說起來我也從佐藤那裡聽過類似的話，像是鎮議會議員還有缺額，或是其他之類的。
無法想像十年後這座小鎮會變成什麼樣子。
就算消失了也不奇怪，有這樣的氣氛。
「比這個小鎮還要小很多的鄰村，聽說因為招攬了大型百貨公司和連鎖店展店，因此財源穩定。但是這個小鎮一直以來拒絕了所有類似的合作，結果大家買東西開始不去商店街，而是到鄰村，甚至是到隔壁的都市去。」
確實是這樣，我媽媽也在鄰村的大型百貨公司工作。
「明明是為了保護這個小鎮才拒絕的，但以結果而言，卻促使了小鎮的人口外流。」
我無法說什麼。

「而且不管是鄰村還是隔壁市，聽說都致力於以外國人為客群的觀光事業，市公所、村辦事處還有旅館的工作人員中都有可以說英語的員工，可是這個小鎮卻什麼也沒做。」

話說回來，這個小鎮裡有住宿設施嗎？

「我爸爸會說一些這樣的話——在阿久津家就是這麼做的，但我覺得這個世界已經變得越來越複雜了，『非這樣不可』的想法會無法生存下去。可是，只要我想反駁爸爸，感覺就好像我在與阿久津家以及整個露草町對峙，媽媽也是，只會聽爸爸的，不願意站在我這邊，所以我一定要變得更強悍。」

我轉動腦筋，將阿久津告訴我的話嵌進我的心中。

阿久津想要建立自我，但是她的父親大概會拿出家族背景來壓制她吧。阿久津家的家世就如同露草町的權威本身一般，所以必須和露草町對抗。

「爸爸說：『聽我的話準沒錯，我也是聽了我爸說的話，然後活到現在。』但是……」

看來阿久津家的權威已經到了就算什麼都不做也會喪失的地步，承襲了前一代做法至今的阿久津爸爸，根本就完全不了解阿久津在煩惱什麼嘛。

「我想爸爸其實也明白這樣下去不會有未來，他知道自己的做法已經行不通了。」

看來這不是反抗權威這麼單純的問題。

「為什麼妳會這麼想？」

「看了就知道了。」

阿久津就是如此認真地看著自己的父母吧。

「就是因為這樣我才不懂，他明明應該已經了解行不通了，卻還是強壓在我身上，為什麼？」

這也許是因為——

事到如今已經無法改變做法了。我爸媽也是，明知繼續這樣下去不會順利，卻還是想維持現在的關係，我也是，比起立即性的毀壞，我情願拖到以後。

大家——都很脆弱。

強悍的只有阿久津一個人，她在白天的學校裡成績是第一名，社團活動也留下了成果。而在夜晚的公園裡，在我出現之前她從來沒有輸過，但在她的強悍背後，卻有著非變得更強悍不可的理由。

阿久津的強悍似乎與她煩惱的深度一致。

「明明這個世界，一天比一天更複雜。」

阿久津喃喃說道。

這麼強悍的阿久津，為什麼我贏得了她呢？

我完全不明白這一點。

「終於可以說出這些了，因為是你我才說得出口喔。」

我一個字也無法回應她這句話。

我踩進了腳邊的一大灘水窪，積水噴濺起來弄髒了褲腳，鞋子裡面早就浸滿了水，襪子都溼透了，沒有比這個更令人不愉快的事了，腳步沉重得足以認為自己所站的地方是灘泥淖。

回到家，媽媽站在廚房裡。這麼說起來，爸爸好像說過今天有餐會，媽媽會利用這種時間預先做好飯菜。而爸爸在家的時候，就會盡量避免離開自己的房間，或是反而會出門。

平常我沒有什麼話要說，會直接回到房間去，但是今天不同，我在廚房前停下腳步。

「媽，我問妳。」

「嗯？怎麼了？」

「妳為什麼不和爸爸離婚？」

我忽然開了口。

「那是什麼？什麼意思？」

「沒有，該說有什麼意思嗎？嗯。」

「什麼啊？」

我自己也不知道想要問什麼。

媽媽不看我，她沒有停下手中的動作，但是菜刀敲在砧板上的聲音比剛才更大聲了。

「為什麼妳會和爸爸結婚？」

我試著改變詢問的方式，但這也不對。

我甚至覺得這種方式比剛才更惹人厭。

「因為那時候喜歡他呀。」

媽媽回答我了。

「那時候喜歡他所以結婚了，就這麼簡單，不過失敗了呢。」

「失敗？」

「是失敗呀，一切的一切都失敗了，如果沒有和他結婚就好了。」

「也就是說，如果沒有生下我就好了？」

「沒有人這麼說吧，為什麼你要這樣往不好的方向解釋呢？」

「不是啊，因為就是在說這個呀……」

「我根本沒有在說你，好好聽清楚我的話，我現在是在說你爸爸。」

媽媽沒有從手邊的事抬起頭來，她不看我。

「……對不起。」

我道歉之後轉身，但是在回房間之前想起來了。

「對了，不是有一個把手螺絲鬆掉的平底鍋嗎？那個去哪裡了？」

為什麼會在這個時間點提我自己也不知道，大概是內心的某個地方一直很在意吧。

「那個很舊了，所以丟了。」

明明是預料中的答案，我卻很驚訝。

我落荒而逃般回到房間。

被雨淋溼的身體冷到骨子裡，我慢吞吞地換好衣服後躺在床上。

結果那一天也睡不著，和阿久津的煩惱相比，我覺得自己好像在為了非常渺小的事苦惱。然後凌晨十二點三十七分，公園呼喚了我。

◑

「欸，水森學長，請和我來場廝殺。」

有人邀我廝殺。

我就知道變成這樣只是時間早晚的問題。

公園外頭傾盆大雨。

透明的屏障彈開了雨滴。

現在這座公園，就像飄浮在小鎮上的孤島。

「我終於可以理解自己身上有某種東西是什麼感覺了。」

和我第一次見面時，她唉嘆著「自己沒有個性」。從那之後她和我談話，從我身上吸收了某些東西，然後她再次站上了公園中央。

這次，是以我的敵人的身分。

「現在的話，我也可以進行廝殺了，我辦得到了。」

夜晚的公園中央，我和佐藤相對而立。

我環顧人群，阿久津在裡面，愛田在裡面，志木幽和志木仄都在裡面。

「我內心中四分五裂的感性，終於合而為一了，原來我也有個性呢。」

佐藤帶著些許興奮地說。

我伸手向空中，創造出魔術方塊，佐藤也一樣伸手向空中，一樣創造出魔術方塊。哎，我就知道會來這招。

雖說已經預想到了，但我猶豫著該怎麼攻擊才好。

忽然四周的空間急速地被折疊起來，空間變得越來越窄。不知不覺間，圍繞著公園的綠色菱形圍欄將我——只將我包圍在內。

——是牢籠。

這是什麼？我受到了什麼樣的攻擊？菱形圍欄的包圍網越縮越小，我幾乎動彈不得，圍欄外面只有一片黑暗，一個人也沒有。

退路只有上方，可以看見星星。

我想飛，但飛不起來。

夜空的蓋子「碰」地關上了，正方體包圍著我，原本的菱形物體變成了藍色、橘色、綠色和紅色——四種顏色的牆壁，地面是黃色的，而夜空是白色的。這裡是魔術方塊內部，但不是我的，無法依照我的意思操控，每一面的方塊數也是中規中矩地只有九個，只是將普通的魔術方塊巨大化，這樣的感覺。

我大概是在佐藤持有的魔術方塊內部吧。

被抓到了。

當我意會過來時已經太遲了。

「唔呼呼呼，啊哈哈哈哈哈哈哈哈！」

某處傳來佐藤的笑聲。

我應該是被關在裡面的，外面包覆著我的魔術方塊卻開始「喀嚓喀嚓」轉動了起來，發出小方塊摩擦的聲音，明明沒有彈簧，卻發出「吱吱嘎嘎」的聲音。

好吵，我受不了地摀住耳朵，即使如此，聲音依然響個不停。

無法分辨上下，上下左右以猛烈的力道在轉動。

周圍的顏色逐漸消失。

我站在黑暗之中。

大概是站著吧，我分不清上下。

我遭到了佐藤的攻擊，除此之外我什麼都不知道，佐藤究竟做了什麼？

雖然再怎麼思考也想不出答案，但除此之外我做不了其他事。

忽然，我的眼前出現一名男孩。

那個男孩看都不看我一眼，只是一個勁兒地轉動魔術方塊，小方塊摩擦的「喀嚓喀嚓」聲迴盪在黑暗中，但是不論他怎麼轉，都無法湊齊一整面的顏色。

我對他手上的魔術方塊有印象。

「跟你說，那個魔術方塊是絕對轉不齊的。」

我不禁向他出聲，但是那名男孩沒有停下手上的動作，然後——

「我知道呀。」

這麼回答。

明明知道，為什麼還不停手呢？繼續轉下去也沒有意義呀——這是因為——

在我說什麼之前，男孩開口了。

「爸爸和媽媽感情不睦是為什麼呢？」

「這種事我哪知道啊。」

我這麼回答後，男孩搖了搖頭。

「其實你應該是知道的。」

他這麼說，同時繼續轉著那個絕對湊不齊的魔術方塊，發出了「喀嚓喀嚓」的聲音。

「——水森。」

我聽見了某個人的聲音，該說是聽見嗎？或說是聲音如同劈進了黑暗之中一樣，但我不知道聲音來自何方，這裡只有我和男孩而已——就在我這麼想時，身邊出現了一套西裝，沒有臉，裡面也沒有東西，就只是一套西裝站著。

「找到你了，水森陽向同學。」

是影野先生。

除了他身上的衣物，其他部分完全與四周的黑暗同化了。

「就是現在！」

影野先生大叫。

就像是待在關掉電燈的房間時，走廊的燈光透過門縫灑了進來，光線在房內劃下一道軌跡，與此相似的一束光射進了黑暗之中。

那道光越變越大，對面有個人，那個人伸出了右手，我抓住了那隻手，然後向在附近的男孩伸出我空著的左手。但那名男孩搖搖頭，繼續轉著魔術方塊。

只有我，被拉進了光芒中。

回頭一望，那名男孩已經融入黑暗之中看不見了。

只剩下小方塊摩擦的「喀嚓喀嚓」聲迴盪到最後。

◑

爸媽第一次買魔術方塊給我，是在小學三年級的時候。那時他們的感情還很好，至少表面上看起來很好，我還能存在於爸爸和媽媽的視線之間。現在他們只有背對背時願意講話，雙方都不接觸彼此的視線，夾在中間的我只是為了讓他們能夠比對方更有優勢的工具罷了。

回到剛才的話題。

買完魔術方塊，我和爸爸一起在網路上搜尋並學習解法，記住簡單的解法之後，我開始可以毫無困難地解開魔術方塊。

有一天，爸爸向我下了戰書。

「你試著在一分鐘之內解開這個，成功的話想要什麼我都買給你。」

那是一個已經被轉亂的魔術方塊。我接受了這個比賽，因為我的程度已經到了不論是什麼樣的排列都可以在一分鐘內解開。但就在我開始轉動時，我感到了有些不對勁，不知為何，不管怎麼轉都拼不起來，可是我不知道哪裡不對勁，只有時間一分一秒過去。

經過三分鐘之後，我發現了。

這個曾經被拆開過，然後它原本的、最一開始的正確配置被隨意改變了。這樣怎麼可能解開，畢竟打從一開始就不存在正確的樣貌了。

「太奸詐了。」

就在我這麼抗議時。

「才不奸詐。」

被回了這麼一句。

「為什麼！這樣根本解不開！根本沒有答案啊！」

「有答案，如果你在一分鐘之內看穿『這是絕對無法轉齊的配置』，那就是你贏了，這就是和我的比賽。」

也是有道理，至少不是絕對贏不了的比賽。

「世界上也是會有這種事的，打從一開始的前提就錯了，即使是正確的解法也解不開。有一些拼圖是絕對解不開的，這種拼圖只能改變視角去挑戰。」

這句話一直一直留在我的腦海中，即使家人間處得不好，即使我開始討厭爸爸，都還是留在腦海中。

「太不成熟了吧，這個答案。」

但我還是覺得太不成熟了，所以提出抗議。

「啊哈哈哈，抱歉抱歉。對了，雖然無法解開魔術方塊，不過我還是買你喜歡的東西給你吧，要對媽媽保密喔。」

我夢見了這樣的夢。

張開眼睛時，我在夜晚的公園裡。

阿久津在我眼前，姿勢很奇怪。因為直到剛才都待在不分上下左右的世界，所以一時之間反應不過來，但我的背後是地面。換句話說，是阿久津彎著腰看向躺在地上的我的臉，這樣的一幅構圖。

「啊，太好了，你醒了。」

「我輸了嗎？」

「……算是輸了嗎？不知道該怎麼說。」

阿久津的話含糊不清，看來是花了一段時間選擇用詞。

「比賽被中斷了。」

「為什麼？」

「因為你一直不睜開眼睛。」

「什麼？誰？我嗎？不睜開眼睛？」

「對，大概三小時，不知道是睡著了，還是失去意識了。」

「但是失去意識不就輸了嗎……」

「該說是緊急狀況嗎？又或者說已經不是分勝負的時候了。」

她的話不清不楚。阿久津在這裡暫時不再說話，然後視線往左邊看去，我也坐起身看向那邊。

佐藤臉色蒼白地站著。

「水森……學長，我、我……」

除此之外，佐藤沒有再說一句話，或許她是說不出口。我環顧四周，人群在遠處圍觀，愛田、幽和仄都帶著又像苦澀又像安心的微妙表情，氣氛很怪。

我倒下的地方是公園中央，也就是說，在我和佐藤廝殺之後，有三個小時都沒有人在這裡進行廝殺嗎？

「太陽馬上要出來了。」

站在我附近的影野先生說。

「已經這個時間了嗎？」

「已經這個時間了，今天就先到這裡吧。」

沒有一句解釋，看來這裡發生了不可言說的事情，我只察覺到這點，還是不要隨便提及比較好。

「……我送你回家吧。」
「我是被送的那個人嗎？」
「嗯，因為我擔心你。」
視野一角，我看到影野先生正在和佐藤說話，雖然很在意，但意識到我在看他們的佐藤深深地低下頭。
「走吧，其他的交給影野先生。」
阿久津催促著，我開始踩出腳步，直到離開公園之前，我回頭看了好幾次，但是佐藤一直低著頭沒抬起來。
雨停了，但是雲層厚得不知何時又會開始下起雨來，雖然已接近黎明，卻一點也沒有變亮。
我和阿久津並肩走在小鎮中。
腳邊有很多水窪，所以我小心地走著。行道樹和不知名的路邊野草都沾上了水珠，葉子似乎很沉重地垂了下來，有時候，水珠還會一滴滴掉下來。
周圍的住家都沒有點燈，每一次經過掛在電線桿上的路燈下方時，我都猶豫著該不該和阿久津說話，但是我說不出什麼來。阿久津也不發一言，左手拿著闔起的傘，尾端撞擊地面發出了聲音。

走了一陣子之後，看見了自動販賣機。

「……要喝，什麼嗎？」

阿久津說。

「啊，我不用了。」

「不用了？」

不，在這裡買點喝的也許可以成為話題的起頭。

「我還是喝好了。」

我拿出零錢投入自動販賣機，買了蘇打水，接著阿久津買了綠茶。我打開寶特瓶的蓋子喝了一口，就在這時候，阿久津說。

「你其實不想喝嗎？」

我嗆了一下。

「為、為什麼？」

「你問我我也不知道。」

比起困惑的阿久津，我才是困惑的那個人，難道我的態度這麼一目了然嗎？我想開口扯開話題，卻又還是放棄了，思考了一會兒之後，我決定說實話。

「我吃不出味道。」

「……什麼意思？」

「原因大概是壓力吧，不知道是什麼病，不管吃什麼都吃不出味道。」

「這樣啊。」

除此之外，阿久津沒再說一句話。

為了喘口氣，我又喝了一口蘇打水。我看著阿久津，自動販賣機的燈光照在她的側臉上，就在我又喝了一口時。

「……對不起，我進到你的體內去了。」

我嗆了一下，為什麼要在這麼絕妙的時間點說奇怪的話啦。

就在我平復情緒之後，阿久津接著說下去。

「佐藤同學將你關在巨大的魔術方塊裡，但是之後佐藤同學卻開始無法控制自己的能力。你不出來，佐藤同學又陷入驚慌之中，大家亂成一鍋粥。」

好久沒聽到亂成一鍋粥這個詞了。

「因為影野先生說『魔術方塊裡的水森陽向同學現在支離破碎了』，所以我差點昏倒。」

現在聽著這些事的我也快要昏倒了。

我是物理上的支離破碎嗎？

「於是影野先生透過佐藤同學的能力，那個，該怎麼說才好呢，心象風景……吧？他說他要進入你的內心，不這麼做的話你可能會有危險，所以我也跟著去了。」

「這是，那個……」

我什麼話也說不出來。

「你內心的黑暗濃得似乎要纏住我們一樣，所以我才揮刀劈開黑暗前進。」

或許是我臉上表情太過不安了。

「別擔心，是由影野先生當前導。」

阿久津這麼補充，那就沒問題了吧，大概。拜託你囉，影野先生。

「……對不起，我擅自那個，進到你的內心……」

之後阿久津不再說話，蓋上寶特瓶的蓋子，我們再次前進。我手中的蘇打水

「沙沙」地晃動，這次走得比剛才還慢。

沒有多久就到我家了，我們停在玄關前，想要說點道別的話，卻又有些依依不捨，明明無法化成語句，還是忍不住尋找隻言片語。

阿久津也有些扭扭捏捏。

「如果就這樣不要回家會怎麼樣呢？」

阿久津移開視線的同時這麼說。

「怎麼樣啊，不知道會怎麼樣呢。」

「夜晚的公園，怎麼說，會隨著日出解散，接著回到家以後，不知不覺間就結束了。」

「是無縫接軌地切換的感覺對吧？」

「沒錯。」

那麼，如果就這樣不要回家的話，這個不可思議的空間是否可以永遠不要結束呢——不，大概，會結束。不論我們身處何方，總覺得等我們察覺時，早已回到原本的現實世界了。雖然是隱約的感覺，但阿久津應該也明白吧。

即使如此。

「即使如此，就這樣——」

話沒有接續下去，我等了一下，但阿久津就像時間停止一樣一動也不動，因為這個奇妙的空白，害我和阿久津盯著彼此看。短暫之後——

「……你要，好好休息喔。」

彷彿沒說過剛才那些話一般，阿久津這麼說。她手上的寶特瓶裝綠茶發出「沙沙」的聲音，我們都別開了視線。

「嗯。」

「因為你的身體剛才變得支離破碎。」

「呃、嗯。」

我目送著阿久津離去的背影，直到看不見為止，然後眺望了一下天空，還是一樣只看得見雲。

我打開玄關的門小聲說道：「我回來了。」不過當然沒有回應。雖然知道不會碰到爸媽，但我還是躡手躡腳走回房間，我在床上坐下，呼出一口氣。

我思考著今天發生的事。

我思考著不停轉動無法湊齊的魔術方塊的男孩，話雖如此，光是回想與那個男孩的對話，並無法獲得什麼東西。我也想了佐藤的事，她昨天似乎無法控制自己的能力。

佐藤是看著我才創造出那種能力。

自己被吞噬了之後才切身感受到，我的能力果然是種危險的東西。

你就是將這麼危險的能力用在他人身上喔——感覺像是被佐藤這麼揭穿了一樣，我很感謝告訴我這件事的佐藤。如果她沒有模仿我的能力，我大概就會一直錯判重要的事，繼續參加廝殺。

時間來到七點過後。

和平常一樣，家中三人誰也不看誰地吃完飯後離開家門。

我抵達學校。

在鞋櫃換穿室內鞋後，向教室走去，結果在走廊碰巧遇到阿久津。明明才剛道別而已，感覺很奇怪。

阿久津一看到我就皺起眉頭，生氣般大步走向我，然後直盯著我的臉，因為太害羞了我馬上就別開臉。

「我沒想到你竟然會到學校來，我以為你會請假。」

「呃、嗯。」

「臉色，不錯。」

「謝、謝謝。」

「不要勉強自己。」

「但是妳想想看，待在家裡沒辦法靜下心來。」

「你、也是嗎？」

「是我多話了，抱歉，妳就當作沒聽見吧。」

說溜嘴了。但是阿久津搖搖頭。

「一點也不多話，等你想說的時候再說就好。」

受不了啊，被人這麼一說就會很脆弱。

「『就算妳說得零零落落，我也會好好聽妳說』，你就是這樣告訴我的。」

「我說過這麼帥氣的話嗎？」

「……有。」

嗯，其實我記得，好害羞啊。

而且我還沒有興致向其他人訴說自己的煩惱。
當我一句話也說不出來而沉默時，阿久津局促不安地動著雙手，然後——
「……你這麼鼓勵我了喔。」
她小聲地喃喃說道。

那一天，佐藤沒有到夜晚的公園來。
而我呢，則有一種不知道該說是被人從遠方偷瞄，或是被小心翼翼對待的感覺，承受了來自其他孩子們擔心的目光。
在這樣的氣氛中，比我早到公園的愛田最先跑來和我說話。
「唷，水森，再和我來一場吧。」
一開口就是提出要對戰。
我感覺到他刻意放輕了音量。
「不是昨天剛發生的事嗎？欸，你最好試試看，或許會產生變化也說不定，我可以當你的練習對手，不限次數。」
「這個……怎麼辦才好呢，我的病才剛好，今天就不用了吧。」

病剛好，這樣說對嗎？我今天還是比較想要看看狀況。

「那就沒辦法了。」

愛田很乾脆地就接受了，多虧他來找我說話，看得出來現場的氣氛稍微緩和了一些。

「謝謝。」

我一說完，愛田或許是為了掩飾害羞，說完「這是在謝什麼啊」就離開了。像是要接替愛田位置似地，影野先生站在我身旁。

「感覺怎麼樣？水森陽向同學。」

「沒有特別的變化。」

「那就好，不過不要太小看自己內心的混亂喔。」

帶有微妙餘韻的說法。

「我覺得……我並沒有小看啊。」

「你現在在這裡，這裡就可以了，創造出魔術方塊看看。」

雖然沒有試過，但即使不是在公園中央應該也能夠使用能力才對。畢竟到處有人擺出攤車，或是生出土管啊床啊之類的東西。

我照著影野先生所說，試著創造出魔術方塊。

右手伸向空中——瞬間。

胃裡一陣痙攣，我急忙摀住嘴巴。

雖然吐出來也許會比較輕鬆，但太丟臉了所以我拚命忍住。不久反胃的感覺慢慢消失，我用鼻子吸氣，慢慢地呼吸，吸入夜晚的空氣之後總算是平靜了下來，僵硬的身體終於也放鬆了，我擦擦淚。

「這是，怎麼回事？」

「就是這麼回事。」

影野先生不願告訴我答案，但是他在我站上公園中央前就先阻止我，光只是這樣我就很感激了。站在離我們一小段距離處的愛田一臉慌張地跑向這裡，看來一切都被他看到了。

「喂喂喂，你沒事吧？我該怎麼做？」

愛田一邊說一邊拍撫著我的背。

「幫我保密，這大概只是暫時性的。」

「你真的沒事嗎？」

我並不是在逞強，是真的沒事，而且我篤定這只是暫時的。治療方式我大概也知道，不過雖然知道，我還是不太想面對，我一直在假裝沒有發現，只是一切大概都到極限了吧。

所以在我崩潰之前，能力先崩毀了。

「要是有什麼就告訴我吧。」

「謝謝。」

在我向愛田道謝時，感覺到了某個人的視線。我看向公園入口，阿久津站在那裡。

比平常還要晚，我還以為她不來了。

阿久津慢慢地走近，接著看了我的臉之後露出驚訝的表情。

「……臉色，好蒼白，怎麼了？」

看來我創造不出魔術方塊的樣子沒被她看到。愛田一臉慌張地開口。

「只是站起來的時候有點頭暈，對吧？」

「啊、啊啊，只是有點頭暈。」

雖然是充滿可疑的對話，但阿久津什麼也沒說，她轉而看向站在附近的影野先生，影野先生「咻」地一語不發就消失了。

「逃走了。」

阿久津喃喃自語道，然後再一次轉向我。

「真的沒事嗎？該不會是昨天的影響？」

「不是啦。」

我立即的否認或許很奇怪。

「不過是說，妳今天來得好晚喔，怎麼了嗎？」

我硬是改變了話題。

「……嗯，那個……」

這時候，阿久津看向愛田。

「知道了啦，礙事者要消失了，水森，拜拜囉。」

愛田離開我和阿久津，往攤車走去。阿久津銳利的視線朝四周掃了一圈，確定沒有人靠近之後才開口。

「……漫畫，被丟掉了。」

「咦？為什麼？」

「我在房間裡看漫畫的事被爸爸發現了，然後他說不准看這種東西。都這樣了，我還是無法向爸爸說什麼。」

阿久津無法和爸爸衝撞，桌子的抽屜深處，已不再藏有《愛與和平與夢想與希望》了。

我失去了能力，而阿久津失去了秘密。

◑

梅雨季結束，進入七月。

白天的溫度已經到了光是走到學校就會冒汗的程度，陽光也很毒辣，像是刺穿了樹間葉面照射在地上一樣。話雖如此，夜晚依舊有涼意，我到現在還是無法收起長袖的風衣。

雖然阿久津從六月開始就在夜晚的公園裡穿短袖了。

現在我的眼前，白皙的上臂像殘影一樣晃動，裙子每一次飛舞，鮮血就會噴出來。她的每一個動作，都帶著血的香氣。

失去秘密的阿久津，再次參加了廝殺。
殺了左輪手槍的男孩，殺了志木幽，殺了愛田景，一個一個殺了其他的孩子，她比以前更強了。
那是堪比鬼神的強悍，但在我看起來，阿久津每殺一次其他孩子，就會失去她心中的某樣東西。
至於佐藤，在與我廝殺之後就不曾到過公園了。
感覺我周圍的所有一切，都歪斜地扭曲了。
期末考開始了。
和期中考一樣，沒有太多孩子們到公園來，阿久津也沒有來，也沒有太多廝殺，但是氣氛一直很緊繃，完全無法放鬆。就算阿久津不在公園，她的影響力依然強大。
和阿久津無關，我的身體也一天一天變差，雖然想吐些什麼東西出來，但又不知道那是什麼，或許那是我心中未被消化的話語在翻攪。我總算是撐過了考試。
期末考一結束，阿久津又回到公園，沒有人可以抵擋阿久津，但阿久津卻沒有來找我邀戰，她似乎已經看出我身體不舒服了。發還考卷的那幾天也一下子就過了。

◑

再三天，就是一個學期的結業式了。

今晚也連戰連勝的阿久津對面，一名男孩走上前。

是小學四年級的瀧本蒼衣，今天也穿著藍色的睡衣，他在阿久津回歸廝殺之後一直靜觀其變，現在終於採取行動了。

我一直覺得，只有瀧本同學才能夠抵擋現在的阿久津了。

瀧本同學就是這麼強。

「眼前此路乃佛之脊柱，行至頭顱斬斷夢想。」

這樣的瀧本同學一邊唸著可怕的臺詞，同時創造出電視動畫《背骨道》的主角手上拿的雙刃劍，與瀧本同學身高不成比例的巨大刀劍反射著月光。

站在我身旁的影野先生「哼嗯」地點點頭。

「那是《背骨道》的片頭曲開始之前，每一集都有的臺詞對吧。」

「這是什麼意思？」

「這就要你自己思考才可以了。」

還是不願意告訴我答案。

「我也喜歡這句臺詞，不過因為這句話，讓《背骨道》遭到投訴，現在已經換成其他臺詞了。」

真是個處事艱難的世道呢，影野先生看似寂寞地說，然後繼續道。

「不知道為什麼，『佛殺』這句就可以呢，真神奇。」

「影野先生也會看動畫嗎？」

「會呀。」

就在我們這麼對話時，公園中央已經做好廝殺的準備了。

瀧本同學拿著劍，對面的阿久津創造出刀，從刀鞘中拔出，然後消滅刀鞘。

「是背骨道對戰劍道呢。」

影野先生說。雖然是相似的詞，但我覺得不是相同的範疇。雖然他們應該不是以那句無聊的話當信號，不過阿久津和瀧本同學同時蹬步向前衝。

他們從正面衝撞。

劍與刀撞擊，噴出火花。

我第一次來夜晚的公園裡時，阿久津和縣學長正在廝殺；之後，我看了留在中央的縣學長和瀧本同學廝殺。大概是因為這樣，我覺得瀧本同學有著和阿久津差不多的威力，他是來到這裡的人之中年紀最小的小四學生，即使如此，在我看過的廝殺對戰中，他至今從未輸過。

所以我對阿久津與瀧本同學的廝殺非常有興趣。

他們不像我的能力是慢條斯理地展開攻擊。

兩人用盡全力互砍。

阿久津用肉眼不可見的速度揮刀，一閃、二閃、三閃，斬擊連連不絕，瀧本同學以千鈞一髮之姿閃躲，有時被砍中，有時候又擋了下來，然後他暫時拉開了距離。瀧本同學的劍發出光芒，他發動了動畫主角的必殺技「佛殺」，使盡全力的一劍往阿久津攻去，由上而下的軌道，彷彿是具體表現出「斬」這個字一樣，最棒的斬擊。或許是避不開，阿久津承受了這一劍，然後飛了出去，煙塵飛舞，渾身是血的阿久津搖搖晃晃地起身，我第一次看到阿久津流血的樣子。

這是傾注所有的對砍。

瀧本同學喜歡《背骨道》這部動畫的熱情，足以與阿久津的劍術匹敵。如果在白天的世界對戰，百分之百是阿久津會贏吧，身體能力與技術之間的差異就是這麼大。但是在這個地方，瀧本同學的熱情推動著他的劍速，瀧本同學的腦海裡大概烙印著動畫中的動作，劍就像在描繪那些動作一樣地舞動，是可以獲選為極佳場面的動作。

阿久津的動作在某種程度上帶有現實感，但瀧本同學的動作已經非常接近動畫了。

瀧本同學也累積了不少傷害吧，他的腳步踉蹌，阿久津向前一站。這時候阿久津決定不揮刀了，她改變架式，擺出突刺的姿勢，但就在這時候動作不自然地停止了。瀧本同學重新調整姿勢，再次揮劍，阿久津又飛了出去，滾了一圈後站起身。

刀的軌跡鏟出了幾條路，劍的軌跡則像劈開黑暗般殘留，每一次都鮮血噴飛，傳來陣陣血的香氣，反射月光的刀身閃耀光芒，噴濺了鮮血的大地畫下曼陀羅圖樣。

生命在刀劍的狹縫間散發出光輝。

這一瞬間，涵蓋了所有人際關係的奧妙。

然而卻一點也不複雜，那裡有的只是簡單的廝殺。我想，阿久津追求的就是這樣的廝殺，而不是我吧。

我一這麼想完，阿久津出招了。

阿久津的刀畫著讓人看不明白的軌跡，原來她是在躲開瀧本同學的劍呀，我之後才察覺到。連雷電都能劈開的阿久津的刀法，卻避開了瀧本同學的劍，大概是她判斷無法斬斷那把劍吧。瀧本同學向前，一副機不可失地揮劍。

驚人的光之斬擊落下。

瀧本同學再次發動「佛殺」，這次比先前那一擊威力更強大，像是用挖的一樣清空想要閃躲的阿久津左側的空間，阿久津倒地。

地面留下一道痕跡，我的視線順著痕跡一路看過去，結果前方的菱形圍欄已經壞了。

「咦？那東西是會壞掉的嗎？」

我這麼自言自語完。

「當然會壞掉啊，不過也會自行修復。」

影野先生神情平靜地回答。我第一次聽到這條規則，不，或許稱不上是規則這麼煞有其事的東西。

夜晚的公園裡也許還有很多我不知道的規則，只是因為不需要知道所以沒有人說。

阿久津站起身，手上的刀已經斷了，從刀身一半之處開始沒了前端，不過阿久津本身似乎沒有承受到攻擊——她毫髮無傷。問題是她正前方的瀧本同學，他維持著揮劍的姿勢死了。

頭被砍掉了。

阿久津以毫釐之差獲勝，完全看不出來她究竟什麼時候揮刀砍下的。阿久津一直盯著自己斷掉的刀。

我體內的某個東西熱切地跳動。

這才稱得上是真正的廝殺。

瀧本同學的頭回到原本的位置，牢牢黏住後復活，然後喃喃說著：「果然不能靠我嗎？」離開了公園中央。

「阿久津冴繪同學只敗在水森陽向同學手上呢，這代表了什麼意思，你明白嗎？」

影野先生說。

「不，我不明白，阿久津的煩惱太困難了。」

「就我來看，你的煩惱也一樣困難呢。」

怎麼可能有這種事。

「瀧本蒼衣同學很強，但他的強悍不是用來阻止阿久津冴繪同學的。要阻止她，就必須擁有同樣深度的煩惱才行。」

「這是禪機問答嗎？」

「不是喔，是更簡單的東西。」

影野先生大概知道一切，雖然知道一切，但不願意出手相助，這倒也是。

唯有自己想辦法。

不過若是如此，有什麼是我能做的事？

如果只能自己想辦法的話，為什麼我們會和他人廝殺呢？

站在公園中央的阿久津創造出刀鞘，將斷掉的刀收進刀鞘中，然後往我這裡走來。

收在刀鞘中的刀身會一直保持折斷嗎？還是正在修復中呢？

「……贏了。」

「嗯，恭喜妳，這樣說好嗎？」

贏得廝殺是件值得恭喜的事嗎？像這樣只是要選一個詞，感覺都很困難。

「謝謝，但用剛才的戰鬥方式是贏不了水森的。啊，對了，影野先生。」

阿久津在這裡向影野先生搭話。

「什麼事？」

「水森雖然被佐藤同學打倒了，不過那場比試算是中斷嗎？總之不清不楚地就結束了吧？」

「是呀。」

「水森還是最強者嗎？」

「嗯——說的也是呢，畢竟佐藤海恩同學沒能控制自己的能力，那場廝殺又有很多例外之處，當然若要說其他的孩子是不是能控制自己的能力，其實是不能的……」

說到這裡，影野先生像是在思索用詞般停了下來。

「那場廝殺畢竟還是有太多危險之處了，這與其說是裁判判定選手不能繼續比賽，倒不如說是紅牌吧。如果佐藤海恩同學在殺了水森陽向同學之後可以好好收回能力的話，就毫無疑問是她的勝利了。」

「意思是？」

「意思是，水森陽向同學現在還是最強者，這樣。」

「這樣子啊，太好了。」

太好了？

為什麼阿久津要這麼在意我是最強者的這件事？是只要再次和我對戰，獲勝之後重新取得最強者的稱號，就能拯救她的某個東西嗎？但這樣的話，不就只是回到我來到夜晚的公園之前的狀態嗎？

我必須告訴阿久津一些事，但我若還是現在這樣是不行的，我沒有足夠的能量面對阿久津，也不知道該告訴她什麼才好。

我的視線轉向阿久津背後。

是瀧本同學劈開的圍欄，壞掉的圍欄這端和那端就像藤蔓一樣「咻咻咻」地伸長，接回了原樣。

雖然只是暫時的，但牢籠，可以遭到破壞——

所以我下定了決心。

我可以下定決心了。

◑

在日出前不久，我一個人離開了公園。

回到自己的房間。

從桌子抽屜深處取出魔術方塊，然後拿起之前買的螺絲起子。

我拆開位於魔術方塊中心的小方塊，鬆開裡面的螺絲，六面都一樣，這麼一來就可以拆開其他位置的小方塊了。我像從一串葡萄上拔下一顆顆葡萄般，將小方塊一塊一塊拆下來。

我每拆一塊，就去想愛田的事、佐藤的事、影野先生的事、村瀨學長的事、爸爸的事、媽媽的事。

等到全部都拆開之後，裡面出現簡單的骨架。

我看著那個骨架，思考阿久津的事。

然後，我將拆下來的小方塊一個一個嵌回隨意的位置，最後鎖緊中心方塊下的螺絲，沒有正確位置、六個面絕對轉不齊的魔術方塊完成了。

我開始轉動。

「爸爸和媽媽感情不睦是為什麼呢？」

在我體內的男孩這麼說，對此，我回答：「這種事我哪知道啊。」

「喀嚓喀嚓，喀嚓」，我停下轉動的手。

沒有什麼決定性的原因。

爸爸和媽媽慢慢地，真的是慢慢慢慢地，花了好長一段時間漸行漸遠，所以難以用言語表達，沒辦法和其他人商量。這種事很常見，每個人都可以忍受，我很幸運，所以這樣的我怎麼可以崩潰。但是我卻很痛苦。

天色漸亮。

我拉開窗簾看著外面，銳利的光芒從遙遠東方山頭的稜線射進空中，漸漸從夢一般的世界切換成現實世界。

太陽露出頭來。

有個決定性的原因。

其實，是有的。

——就是我的存在本身，這就是原因。

爸媽將我夾在中間，兩人的感情一點一點地變差，隨著時間逐漸扭曲，對待孩子的感性不同，這個差別將兩人逼到了極限。我想，如果沒有孩子的話，兩人大概會是一對好夫妻，感情融洽地生活到老死吧。與我無關的話題可以溝通無礙的兩人，一遇到我的話題就會突然張牙舞爪，這一切，我一直看在眼裡。

即使是兩個人可以好好完成的事，變成三個人卻不行了。

非常單純的原因。

因為我的出生，爸爸和媽媽的感情越來越差。

這就是答案。

所以才說不出口。

所以小學生年紀的我才不停轉著魔術方塊。

因為那個魔術方塊是爸爸和媽媽感情生變前買給我的東西，我當時相信，只要繼續轉動它，總有一天我們一定會恢復成感情很好的一家人。

白費力氣。

魔術方塊就只是個魔術方塊，那不是能讓家人關係回到從前的魔法方塊。

這種事我打從一開始就知道了。

「為了陽向我不會離婚。」

這句話是我小六時聽到的。

所以我放棄了。

將魔術方塊收進抽屜的深處。

但我卻——

再一次，我轉動手邊的魔術方塊。

心情越來越差。

我們家，或許是絕對無法轉齊的魔術方塊。

長時間扭曲的東西，只能花時間治療，但我不認為還有那樣的時間，大概需要變得扭曲的兩倍以上時間才夠吧，而且打從一開始，兩人交惡的根本原因就是我。

我已經沒有其他辦法了。

所以才會假裝沒有察覺，我只能這麼做。

我看著手上配置凌亂的魔術方塊，只要改變視角就可以解開，爸爸這麼說過，但我不知道改變視角的方法。即使到了這時候，我依然將爸爸的話當成支柱。

樓下傳來爸爸和媽媽動作的聲音，日常生活又開始了。

時間已過早上七點。

我拿著絕對轉不齊的魔術方塊站起來。

走到一樓。

爸爸在客廳的沙發，媽媽在廚房的桌子吃飯，兩人背對著背，一如往常的景象。

我站在兩人中間。

「爸爸，來和我比賽。」

我先和爸爸一人說話。

「什麼？」

之前從沒有過這種事，所以他嚇了一跳吧，皺著眉的爸爸轉頭，媽媽也看著我，我的胃裡在翻攪，想吐的感覺越來越強烈。我從鼻子吸了一口氣，在說出下一句話之前花了一點時間。

「我會在一分鐘之內完成這個魔術方塊，我完成之後希望你能聽我說話。」

「你在說什麼啊？魔術方塊？你到底是怎麼了？我接下來還有工作欸。」

「要比還是不比，選一個。」

「怎麼可能比，你給我差不多一點。」

「你記得這個魔術方塊嗎？」

爸爸這時盯著我手上的魔術方塊看，然後——

「沒印象。」

一臉不快地斷言。

我無法分辨他究竟是真的不知道，還是明明知道卻說謊，但不管哪一個都是一樣的。

「你怎麼了，陽向？說啊，怎麼了？」

這時媽媽向我搭話。

「妳覺得我該怎麼做才好？」

「你在說什麼啊？我問你，一大早的在說什麼呀？」

「對啊，你今天太奇怪了。」

爸爸接著媽媽的話說。

「我有話要說，關於你們之間的事。」

我這麼說，但爸爸聽了我的話之後不高興地轉開視線背對著我。媽媽也從我身上移開視線，「不要一大早就找麻煩」，一臉責備我的表情。

「沒什麼好說的，夫妻間的事你不要插嘴。」

爸爸依然背對著我，看也不看我地說。因為如果看向我，就會連另一側的媽媽都看到了吧。

「等一下，聽我說呀。」

胃裡翻攪的速度越來越快。

爸爸轉大了電視音量，媽媽也拿出智慧型手機，在我說出什麼之前先出招擊潰我。我想起來了，我並不是一開始就放棄了，而是在經歷了好幾次這樣的事情之後才放棄的。

但是我不再放棄了。

我不會背叛內心中的我。

「聽我說話！」

我拿走媽媽的手機丟向電視，「磅！」地發出好大的聲音，電視被砸壞了，手機大概也壞掉了吧。媽媽瞪大了眼睛，爸爸也用驚愕的表情看了我之後大叫。

「陽向！你這孩子！」

並伸手抓住我，於是我揍了他一拳，用盡全身力氣去揍他，用拿著魔術方塊的手揍他，大概是剛才拆解時沒有將鬆掉的螺絲確實鎖緊——有幾個小方塊鬆脫飛了出去。爸爸也彈飛到客廳的沙發那邊，撞在了椅背上，他腳步踉蹌，想要馬上站起身，但雙膝卻跪了下去，之後好像很痛地皺著臉撫摸頰邊。

「夫妻之間的事你又懂什麼了？不過才活了十六年多的人生，就想對我們的關係指手畫腳嗎？」

爸爸以活過的歲月為後盾大吼道，如果是之前的我，就只能在這裡閉嘴。我才高二，爸媽經歷的人生比我長得多，他們的背上背負著一路走來的選擇。

所以我以前覺得自己沒有對夫妻之間的事說三道四的權利。

但是，不是這樣的。

這樣的思考方式會讓人一步也無法前進。

「我！我喜歡爸爸，喜歡媽媽，喜歡這個家，就算相處有些問題，我還是喜歡，可以的話希望你們的感情很好，但不行也沒關係。我很喜歡你們，希望你們不要為我了吵架，不要再說『為了陽向』這句話，不要再把我拿來當吵架的藉口，然後，然後，就算是這樣！我還是很清楚，你們都很愛我，我知道。是我害的，為了我，你們漸行漸遠，這我都知道，但是，所以……！我是為了什麼而生下來的？我，可以繼續活下去嗎？我是在期待之下出生在這個世界上的嗎？我已經搞不懂了，但是我不想死，我喜歡這個家，喜歡到無可救藥。說啊，我、我……該怎麼辦才好？我該怎麼做才對？爸爸，媽媽。」

一開始是大叫，最後則哭了，我的胸口堵得連聲音有沒有離開嘴邊都不知道，只能壓抑著嗚咽聲一邊說。想說的話全都說了，卻沒有鬆了一口氣的感覺，如果因為這樣一切都毀了也沒關係，不過，也有些事情是吐露一切之後才知道的，結果我想說的話，就是無論何時我都愛著家人這件事。

爸爸和媽媽一句話也沒有說，他們僵著一張臉。

過了一段沒有人動，也沒有人說話的時間。

我回到房間，出拳的右手很痛。這是我第一次揍人，比廝殺還要困難，右手之所以沒骨折，大概是因為打到爸爸下顎的是魔術方塊。我盯著掉了幾個小方塊的魔術方塊，胃裡的翻攪不知何時已經停了。

樓下傳來乒乒乓乓物體撞擊的聲音，雖然沒有聽見說話聲，但可以知道爸爸和媽媽在客廳裡。那天我沒有去學校，我累得筋疲力盡，倒在床上仔細聽著樓下的聲音。

就算是這種時候爸爸還是去工作了，或許他是去醫院，媽媽則出門打工。

我一個人在家中，一直躺在床上。

手中握著壞掉的魔術方塊，不知何時睡著了。

張開眼睛時已經是晚上了，時間是凌晨一點五分，也就是說我睡了十八個小時，爸爸和媽媽都已經回家了，雖然是半夢半醒之間，但我還是有感覺到動靜，不過他們沒有進到我的房間來。枕邊放著方塊數不足的魔術方塊。

時間繼續向前，時鐘的指針轉動。

超過凌晨四點時我確定了。

我今天不會受到夜晚的公園呼喚，我和爸爸及媽媽在同一時間、同一空間中度過。太陽升起，到了早上七點。

一整天，我沒有吃東西也沒有上廁所，就只是躺著。我馬上起身，身體很沉重。

猶豫了一會兒後，我還是決定到客廳去。

電視不見了，這也是。因為我弄壞了。

比起這個。

爸爸和媽媽坐在同一張桌上，爸爸的臉上貼著ＯＫ繃。

「早安。」

我說完，兩人同時嘴巴動了動，最後卻什麼也沒說。

我坐在兩人對面，吃飯。好甜。

「陽向……這個。」

爸爸遞給我魔術方塊的小方塊，是昨天揍爸爸時掉下來的小方塊，我收下來。

回到房間的我，沒有將那些小方塊嵌回魔術方塊上，也不再將那個魔術方塊收回抽屜深處。我將魔術方塊放在桌上，掉下來的小方塊則擺在附近，然後再一次躺回床上。

熟睡得彷彿深埋在夢中一般。

和爸媽衝撞之後，我只是不停睡覺。

這兩天，都沒有到學校或夜晚的公園。

然後第三天的早上。

我想起今天是一學期的結業式，雖然不出席也沒關係，但是連睡三天對身體也不好，所以決定去學校。

進入教室坐到自己的位子之後，已經先到教室、並一直在滑手機的大也抬起了頭。

「啊，這不是陽向嗎？你是因為那件事受到打擊所以才請假嗎？」

「那件事？」

「欸？你不知道嗎？真假？你沒看電視或手機嗎？」

「呃、嗯。」

我不太看電視，我的房間裡沒有電視，加上待在客廳太難受了所以我不會久坐，而且客廳的電視也壞掉了。我也不太看手機，所以對時事很不敏感。

「你之前說過喜歡吧？叫作《愛與和平與夢想與希望》的死亡遊戲漫畫，有個高中生受到那本漫畫的影響真的去殺人，結果被逮捕了。」

「蛤?!」

V

結業式開始了。

臺上校長在說話，但是內容沒有傳到我腦中。

一早和大也的對話占據了我的腦海。

那是三天前的深夜。

某個地方都市——當然是和這個小鎮沒有任何關係的都市高中生刺殺了同年級的三個人，該名高中生的證詞中表示是受到《愛與和平與夢想與希望》這本漫畫的影響，所以刺了同學，現在正在詳細調查該名高中生的身邊是否出現霸凌等糾紛——

「如果是以前的話馬上就會管制漫畫，並連結到這類的阿宅批判，不過這種風氣最近已經褪流行了。但說是這麼說，也不可能完全沒有。」
大也好心地告訴我詳細經過。
「在我睡著的時候發生了這樣的事……」
「我還以為你一定也是因為這件事受到打擊咧。」
「不是，我只是碰巧請假。」
「因為最近突然迅速爆紅，我就有不好的預感。」
這麼說起來，爸爸好像提過之前看過電視特輯。
「晚間新聞裡年長的評論員也說了一些老掉牙的話，像是什麼有這種漫畫，孩子們才會受影響之類的。」
年長的評論員，嗯，就是會說這種話呢，這倒是沒什麼好理他的。
「大也呢？你怎麼想？」
「我？我啊，這個嘛，我也喜歡漫畫，所以只覺得憤怒。」
「憤怒？」
「對，憤怒，這種因壞事而出名最糟糕了。我很擔心作者的心理，還有，就算不看這部分，對我來說也是無法相信的案子。」

「無法相信是什麼意思？」

「我也是有一個兩個、十個百個看不爽的人，也想過要殺了他們，但是啊，要不要真的動手殺人又是另一回事了吧？是說，一般來講做不到吧，為什麼下得了手殺人呢？我完全無法理解啊。下得了手殺人的人，和下不了手殺人的人之間，有一道無法跨越的牆在。」

「……」

為什麼呢，我覺得有點受傷。

「陽向？」

「啊，沒事。是呀，你說的沒錯。」

「……喂，其實你不這麼想吧？如果有話想說就不要含混帶過，好好說出來。」

「不是……對不起。」

「我不是想要你道歉。」

「我自己，也不知道該怎麼說才好，但是，如果要化成語言表達的話……這個嘛，我沒辦法看成是與我無關的事。那個，你說的牆壁，我覺得並不是無法跨越的東西，每個人都有殺人的可能性，我想。如果只是可能性的話每個人身上都有——我不是想要玩文字遊戲，是那個，更……」

「我知道你想表達的東西了。」

根本就沒有什麼牆壁，我甚至還這麼想，不知道是我去了夜晚的公園以後才這麼想，還是與夜晚的公園無關我就是這麼想，難道我下意識地想要保護自己嗎？

「但是我不懂這樣的想法。」

大也繼續道。

「……這樣啊。」

「所以我要再用一個『但是』來反轉。因為你都這麼說了，我也會稍微想想看。」

「謝、謝謝。」

「只是想的話又不花錢。」

大也總是貼心地注意不要讓氣氛變糟。

「對、對了，作者說了什麼嗎？」

我一問，大也就「嗯——」地低聲沉吟。

「沒有回應。這也難怪，這種事光是牽扯上關係就是扣分了，這和作者完全沒有關係，而且他也沒有責任。」

「這點我和你意見相同。」

這和作者完全沒有關係，而且他也沒有責任，這點我和大也意見相同。我以及我身邊的人看了《愛與和平與夢想與希望》之後，從中獲得了某些重要的東西，那不單純只是助長犯罪的漫畫，絕對不是。

那麼，那名高中生為什麼要殺人？

會殺人的人殺了人，那傢伙就只是這種人罷了——沒有其他。把他拿來和自己相比沒有意義，是說打從一開始就沒有拿來相比的理由了，也完全沒有能夠同理的地方。話說回來，我根本一點也不了解兇手，但同時又覺得不應該認為與自己無關。

感覺很糟的鬱悶積壓在胸口深處。

我想將這股鬱悶好好地表達出來。

「我和你是不同類型的人，雖然是理所當然的事，但有時候我都會忘記。」

「是呀。」

陰鬱的個性與開朗的個性，現充與阿宅，大人與孩童，白天與黑夜，光明與黑暗，善與惡，若要在這其中尋找對立的爭論點，總覺得會錯認重要的事。

好人就是好人，討厭的人就是討厭的人，可怕的人就是可怕的人，我認為很單純地「那傢伙就是這樣」而已，除此之外沒有其他的意思。

我呢，因為大也就是大也，所以才成為朋友的。

我再一次，體會到這件事。

結業式上午就結束了。

我去阿久津班上時，愛田剛好從教室走出來。

「唷，水森。」

他簡單向我打招呼後，小聲說。

「你這兩天都沒到公園去呢。」

他問。

「呃，是呀，有點事，嗯。」

「這麼說起來，阿久津也是從兩天前開始就沒出現在公園了，也沒來學校。水森，你知道些什麼嗎？」

「不，我不知道，告訴我詳細狀況。」

這時候，誇張的妹仔裝扮的女孩走到愛田身邊，是以前在車站交談過的百瀨希。

「抱歉，我和水森有話要說。」愛田和百瀨這麼說，讓她先離開了。百瀨向我輕輕點頭，用只有我聽得見的音量小聲說道：「謝謝。」這是為了什麼而道謝，我也不知道。

愛田一直盯著百瀨離去的背影，接著在短暫的沉默，確認過四下無人之後才開口。

「沒有什麼詳細狀況，我知道的就這樣了，因為她和你同時請假，所以我以為你知道原因。」

「我不知道呀。」

大概。

但和我同時這件事讓我很在意，這是單純的巧合嗎？

「佐藤和縣學長呢?有出現嗎?」

「沒有,他們也沒出現。」

這樣啊。我不在的時候也許會去……我本來是這麼想的,但現實可沒那麼簡單。

愛田一臉擔心地看著我的臉。

「反胃的感覺怎麼樣了?還好嗎?」

「啊,嗯,應該是,已經好一些了。」

「那就好。」

愛田狀似放心地吐了口氣,然後看向教室裡,確認壁鐘的時間。

「抱歉,水森,女孩子在等我,所以差不多該走了。」

「還真是讓人火大啊,那句話。」

愛田笑了,然後正要邁步踏出時又停了下來。

「讓女朋友等我這種事,雖然只是一點點,但我開始可以做到了。」

說是讓對方等,但也不是遲到那樣的程度。

感覺我和愛田的談話不到一分鐘,但為了走到這一步,愛田吃了很多苦,我想百瀨在某種程度上理解愛田的苦，所以覺得他們能夠好好相處。不，我其實不知道，只是希望他們處得好。

「愛田，你覺得是誰設立了夜晚的公園？」

我忽然問他。

「不知道啊，我也沒興趣知道，我還是第一次看到會在意這種事的人。」

其他人都不在意嗎？算了，反正我知道夜晚的公園本身並不是什麼壞地方，比起思考這個，我更應該先思考自己的事才對，但是我對夜晚的公園之謎的在意程度，和在意我自己的事一樣多。

不過，這個嘛，我想想喔──愛田說。

「搞不好像《愛與和平與夢想與希望》的作者那樣的人，就是夜晚的公園的創始者喔，總覺得那本漫畫的感性很相像。」

或許確實是很像。

「那我要走了。謝啦，之後要再和我聊天喔。」

「不用這樣問我也會和你聊天啦，愛田，下次見。」

「嗯啊，下次見。」

有太多不明白的事了。

好想和誰商量一下。

今天是結業式，我想或許他會在，於是往音樂教室走去。

一打開門，正在彈鋼琴的村瀨學長忽地抬起頭，音樂停止了，不過先前村瀨學長彈的琴音彷彿還飄在空中的溫暖空氣遍布在四周。

陽光從窗戶照了進來。

「啊，水森同學，好久不見。」

村瀨學長站起身，帶著我進了教室。我猶豫著要不要坐椅子，最後決定還是站著談，村瀨學長也配合我站著。

「好久不見了，村瀨學長。」

「你來我很高興喔，我的記憶還牢牢記著呢。那麼，今天怎麼了？」

「那個……村瀨學長有看過《愛與和平與夢想與希望》這本漫畫嗎？」

帶著微笑的臉有些僵住了，看來我正中紅心。

「嗯，我看過喔，還滿喜歡的。」

「案件的事……」

「我知道喔。」

村瀨學長沒有多事地催促我，靜靜地等待我繼續說下去。

「我的朋友，那個，說了類似『下得了手殺人的人，和下不了手殺人的人之間，有一道無法跨越的牆在，我完全無法理解。』這樣的話。村瀨學長，我……我們會在夜晚的公園裡殺人對吧，雖然對方會復活，但還是在殺人。」

「嗯。」

「第一次和你見面時，你說我們無法輕易在現實的、白天的世界裡傷人對吧？」

「我有說過。」

「我也這麼認為，但是我們和真的會下手殺人的人，又有什麼差別呢？」

雖然是夢境般的世界仍是在廝殺。

我們知道對方會復活所以廝殺。

另一方面，白天的世界裡則有真的會下手殺人的孩子。

兩者之間有什麼樣、又是如何的不同？

「沒有什麼差別。」

村瀨學長說。

「首先，我話說在前頭，會到夜晚的公園裡去的孩子，和真的下手殺人的人，完全不一樣，這是不容置疑的差別。不過呢，即使如此，我也認為會下手殺人的人，和不會殺人的人沒什麼不一樣。我不是用『是否可以到夜晚的公園』來作劃分，而是認為打從一開始，就沒有所謂的『會殺人的人』與『不會殺人的人』的劃分。」

雖然這很矛盾，村瀨學長一臉傷腦筋地說。

「認為自己絕對不會殺人的人，最讓我害怕。」

「那、那大也他呢？」

「大也？」

「他是我的朋友。」

「這樣子呀。」

村瀨學長點頭。

「雖然對你的朋友很不好意思，不過我覺得，認為自己絕對不會殺人的人，和認為自己絕對會殺人的人很相像呢。」

若硬要分成同意或不同意，那麼我的意見與村瀨學長相似。

「因為認為自己絕對不會殺人的人，感覺好像無法接受弱小的人或犯下錯誤的人。」

「我好像，有些明白。」

「啊，但是我說的這些並不代表絕對正確，我是帶著自我警惕在說。會到夜晚的公園裡去的孩子，有很多是纖細敏感的人，但若是太相信自己的感性，就會淪落成用來把對手比下去的工具，一旦變成這樣，那就不再是纖細敏感的感性了，就像縣的知識的下場一樣。」

縣學長將自己的知識拿來做為把對手比下去的工具。

感性也是一樣的嗎？

一旦認為自己纖細敏感，或許那個人就不再纖細敏感了。

「如果我開始輕易否定大也說的話，那一定代表我這個人完蛋了。他就是他，是我的指針。」

「我覺得這樣就很好了。」

我曾被大也正向的強韌拯救了好幾次，但有時候也會有像今天這樣感到不對勁的時候。太正向了，太強韌了，我有時候會這麼想，大也也是，他一定覺得我太過負面了。

我的感性是否好好取得了平衡呢？如果沒有像大也這樣的人在身邊，我就無從得知。若要說我相信自己的感性把對手比下去的工具……那就是將自己逼到這個地步的部分了吧。

「水森同學，難道你贏過阿久津同學了？」

村瀨學長改變了話題。

「為什麼這麼問？」

「因為我經常看到你們兩個在一起。」

這樣啊，這樣就知道了嗎？

這時候村瀨學長難得地躊躇了起來：「……那個，水森同學。」

「縣連戰連敗，我沒能幫助這樣的縣，而阿久津連戰連勝，這和連戰連敗是一樣糟糕的事。」

雖然方向不同，但過頭了終將毀滅的道理是一樣的，村瀨學長說。

「不過水森同學你贏了阿久津同學，這其中一定有某種意義在。」

「……某種意義嗎？」

「想要拯救一個人的想法，有著一不小心就會轉變成傲慢的危險性，我甚至覺得自己都拯救不了了還想要拯救別人實在是太狂妄了，但是，即使明白這一點，還是會有必須為了拯救他人而行動的時刻到來。當這個時刻來臨時，請你不要猶豫，去幫助阿久津同學。」

我沒辦法輕易對這句話點頭，村瀨學長也沒有強硬要求我的回答。

或許是持續了好一陣子的沉默。

「縣他好像還是沒有去夜晚的公園呢。」

村瀨學長又換了一個話題。

「對。」

「夜晚的公園只能去到高中三年級，雖然我不知道為什麼，如果縣一直這樣不出現的話，不知道會怎麼樣呢，沒能畢業——什麼也沒抓住，就自然而然地再也去不了了嗎？」

「為什麼只到高中三年級呢？」

「不知道，也許是一個區段劃分，或許在這之後的年紀有更適合獲得救贖的地方也說不定……應該說，我個人希望有。」

「是呀。」

我也希望可以有。

「就算縣再次到夜晚的公園裡去了，我也沒辦法幫助他，沒有人可以，只能自己想辦法，自己的未來只有靠自己的手掌握。但同時，我也認為需要其他人的力量，因為如果可以靠自己一個人想辦法做到的話，就不需要與他人廝殺了。」

「說到底，為什麼我們會需要廝殺呢？」

「我也不知道。」

村瀨學長這麼回答，然後接著：「但是。」

「只有光是面對自己的問題就已費盡心神的孩子才會到公園去，而且雖然實際上我們都只能靠自己的力量想辦法，但是只靠自己的話其實什麼都做不到，總覺得那裡教會了我這件事。」

好困難呀，但總覺得好像可以明白。

「要再來找我喔，不管有沒有什麼事都可以來。」

村瀨學長笑著送我離開，我踏到走廊上。

空氣忽然冷冽了起來。

一個人的放學時間，我邊走邊思考。

阿久津從兩天前就沒有到學校了，愛田說她今天也沒有來，她和我在同一時間，沒有到夜晚的公園去。在我思考時，想起了一件事，阿久津之前說過《愛與和平與夢想與希望》的單行本被爸爸丟掉了，然後三天前，受到漫畫影響而殺人的高中生成為社會話題。

時機重合的不是我。

而是漫畫。

我已按耐不住，於是跑了起來。我沒辦法用手機聯絡阿久津，因為不知道她的聯絡方式。

起初我想去阿久津家，但想了一下之後換了個方向。

總覺得她在空無一物的那座公園裡。

不知道為什麼我會這麼想。要是弄錯了也沒關係，只要再去其他地方找就好了；就算找不到她，那就這樣也沒關係；如果見不到面就到此為止吧，不然就不停地找直到見面為止。總之我一心向前跑。

我踏進公園內。

阿久津在那裡。

正看著天空。

身上不是制服，是合身的褲裝，以灰白色調統一全身。或許是對腳步聲產生反應，視線從天空轉向我，然後瞪大了眼睛。

「……水森？」

「嗯。」

我點頭，看來光是這樣就傳達出我來到這裡的原因了。

「爸爸記下漫畫的標題了。」

「嗯。」

「爸爸生氣地說——我說過了，如果不想變成這樣就看些優良讀物。然後我第一次回嘴——說這些話之前你先去看過內容吧，去想想看我是抱著什麼樣的想法在看這本漫畫。」

在隔了一陣可說是不自然的空白之後，阿久津繼續道。

「……我挨揍了。」

「什麼？」

「因為是打巴掌，所以不是被揍倒，而是被打倒，吧。」

阿久津不知為何一板一眼地訂正。

仔細一看她的臉頰，的確有一些紅腫。

「爸爸一直怒氣難平，所以開始無視於我的存在，媽媽則一味地驚慌失措，最後也沒能與我同一陣線。」

在我揍了爸爸的差不多時期，阿久津被爸爸打倒在地。

「所以我這樣蹺課也沒有人說什麼。」

「嗯。」

「……我，弄錯了衝撞的方式。」

我的情況，雖然沒有戲劇性地好轉，但卻開啟了某個東西往前進的契機……應該是吧，我想要這麼想。例如早餐和晚餐，我們開始在同一張桌子吃飯了，光只是這樣就是一大進步。

但是阿久津就不同了，她似乎覺得自己舉刀對著父親，反而讓事情變得更糟了。

這麼一想，我是拿著自己重要的東西，也就是魔術方塊起身反抗。但是阿久津重要的東西，《愛與和平與夢想與希望》的單行本卻已經被丟掉了。

埋藏在抽屜深處的東西。

或許手上是否拿著那個東西，是個重要的差別。

「我揍了我爸爸呢。」

「……咦？」

「我揍了我爸。」

「這是怎麼回事？」

「總覺得家人之間有一種奇妙的閉塞感，再這樣繼續下去會整個垮掉，但是我卻無能為力，爸爸和媽媽完全不想聽我說話，只要我想開口，他們就會在絕妙的時間點，用絕妙的說話方式封殺我的辯駁。但是我和妳……和公園裡的大家相處之後，心想不能再這樣下去，所以就出拳了。」

我很順暢地說出來了，但是化成言語之後不但聽起來桀驁不馴，而且感覺比我原先想像的更輕淺，或許不明白前因後果的人會說：「就為了這點事？」

但是我終於可以說出這些話了。

「你揍了爸爸之後狀況怎麼樣？」

「有什麼東西改變了，我想是往好的方向。」

「這樣子啊。」

「我覺得我運氣很好。」

「那是說我運氣很差囉？能不能和家人好好衝撞，是靠運氣好壞決定的嗎？再怎麼努力也沒有意義嗎？」

「不是，我想說的不是這個，其實——」

「……你就是這麼說的啊。」

那的確是被這麼解讀也不奇怪的一句話。

「你之所以進行得很順利，是因為你很努力。你很努力思考過後的結果，是你一直一直思考，思考到最後，然後衝撞的結果，所以不要說什麼你運氣很好。」

「我沒有那麼……」

「為什麼要謙虛？」

「我沒有這個意思，我說的運氣很好是……像時機啦、家庭組成啦。等一下，受不了，我自己也說不好啦，但是我不認為光靠自己的力量事情就會好轉。」

這裡是白天的公園。

四周只有圍欄。

我和阿久津在公園中央，以言語的衝撞代替廝殺。

「對不起，我遷怒你了。」

「我才是，對不起，神經太大條了。」

我和阿久津的劍拔弩張突然急速緩和，或許是做了不習慣的事，於是遲遲未能說出下一句話。

過了一陣子之後阿久津開口了。

「但我還是覺得你進行得很順利，才不是偶然呢，那不是偶然，和我不一樣。」

所以，阿久津繼續說道。

「我也想變得更強，我想起身對抗爸爸。」

「這就是妳的心願嗎？」

「是呀，應該是這樣吧。」

應該是，嗎？

「如果不這樣我就無法戰鬥，無法和這座小鎮，和傳統，和代代相傳的東西──和爸爸從正面衝撞。」

阿久津打算和這麼強大的背景對戰，但是如果對方的權威只是單純很強大而已，那麼就不需要煩惱成這樣了。

阿久津並不是想破壞傳統以及這個小鎮。

「你還是最強的呢。」

難以回答，我自己覺得不是。

「如果妳贏過我的話，是不是就能從夜晚的公園裡畢業呢？」

「這個，我也不知道，但我很害怕不是這樣。如果不是的話，我已經不知道該怎麼做才好了。變強的話就能贏過你嗎？還是說贏過你的話就能變強？我越是思考就越是搞不懂，但是我想變強，因為沒有人會認同弱者。」

「……」

「我問你，我該怎麼做才好？」

阿久津雖然向我提問，但她並不要求我回答，感覺彼此的答案都隱藏在這陣沉默之中，不過我和阿久津的答案大概不一樣。

「阿久津，今晚和我來一場廝殺吧。」

「……什麼？」

她反問。

「今晚和我來場廝殺。」

「不行，因為，那個，我還沒辦法啦，就算現在打一場也沒有意義，只會和之前一樣。」

「不會一樣的，絕對不會。」

我可以這麼相信。

而且我覺得現在的話，我也可以使用能力。

「可、可是，萬一又輸了的話，我就……活不下去了。」

好沉重的一句話。

阿久津已經被逼到這個地步了嗎？那麼，我就更不可能在這時候丟著她不管了。

「我已經改變了，不過妳也改變了喔，妳和我說了很多。」
「但是我覺得我還沒辦法說出真正想說的話。」
「所以來打一場吧。」
「所以？」
「對，為了找出妳真正想說的話，來打一場吧。」
這時候阿久津垂下了眼。
時間流逝，等到她再一次抬起眼時，炯炯有神地看著我。
「確實，我要是再拖下去，搞不好你就畢業了。」
「那還是很久以後的事啦。」
「沒這回事，明天的事誰也說不準。」
在相信自己可以畢業的時候，自然就會從夜晚的公園裡畢業了，但是我很掛心阿久津和佐藤，無法想像自己丟下她們兩人畢業；我也很在意愛田和志木幽、志木仄，雖然沒和瀧本蒼衣同學說過話，但也很在意他；佐藤自從那天之後就不再到夜晚的公園了；縣學長也是，沒有出現；就連我自己，離滿足也還非常遙遠。
不過，未來確實是難以預料，往後自己的心會怎麼走，想猜都無從猜起，說得極端一點，明天我突然就死了也是有可能的事。

或許畢業，並不是遙遠未來的事。

「所以，麻煩你了。」

阿久津低下頭。

想起來，這還是我第一次自己主動邀請某個人參加廝殺。

◑

「大家是不是感受到了今晚會發生什麼事呀？所有可以來到這座公園裡的孩子，今天全都聚集在這裡了。」

影野先生說。

在我和阿久津踏入公園時，其他的孩子們都已經到了。

仔細一數，人數或許比平常多了十人左右，感覺至少超過六十人，還有好幾個平常根本沒見過的人。

這個數量，就是我來往的這個地方所有的成員數嗎？

攤車的數量感覺也比以往還要多，其他還有亂七八糟看不懂的物體散落一地。

有人在攤車販賣食物，有人在配發飲料，有人在床上睡覺，有人在清理左輪手槍，有人坐在土管上，各式各樣的人都有。

志木幽朝著這邊揮手。

志木仄將素描簿放在膝上，已經準備萬全。

瀧本蒼衣同學穿著藍色睡衣雙手抱胸，明明是小學四年級卻很有威儀。

愛田景在空中飛來飛去，確保只屬於他的特等席。

佐藤也在，幸好她也在，她的胸口搖晃著一片拼圖狀的墜子。佐藤在看到我之後低下了頭，我用嘴形說著「妳不用道歉」，或許是傳達給她了，她不好意思地笑了。

然後縣瞬學長也在。

他站在遠離人牆的公園一角。他也來了呢。我不知道他是否記得我，他也沒有什麼可以對我說的，但光是他願意出現，我就很高興了。

今天的夜空很遼闊，冷冽的月光照耀著被熱烈氣氛包圍的人群。我和阿久津一走進公園中央，四周的躁動停止了，沒有任何人出聲，寂靜的興奮似乎隨著時間越來越高漲。

即使如此，繚繞著公園的夜晚空氣，冷得不像是夏天。

我看向阿久津，阿久津也看向我。

我們的視線交會。

阿久津將白天的褲裝特意換成了制服。

也許制服才是最適合她的樣子。

這是我第二次和她對峙。雖然站在她身邊時幾乎都要忘了，不過現在阿久津身上纏繞著一股可說是壓倒性強烈的氣息，不論在煩惱什麼，阿久津還是阿久津，我感受到我們兩人生物本身的強悍程度完全不同，隔著衣服都能看出肌肉充滿彈性，那喚起對手本能恐懼的人影緩緩地移動。

阿久津創造出刀，從刀鞘中拔出，然後讓刀鞘消失。

我也將右手伸往空中。

——胃裡沒有在翻攪。

夜空彷彿被收進了我的右手之中的感覺，濃縮的宇宙逐漸轉變成魔術方塊的形狀。

沒有開始的信號。

阿久津動了。

她只要一動，就沒有任何猶豫，以流水般的動作朝著我接近，寂靜無聲，讓我聯想到蛇或貓。要是被她揮下的刀砍中就沒有意義了，我可不能輕易輸掉，我創造出好幾個魔術方塊，然後將它們打散覆蓋在我的四周，只有喉嚨的地方留下一個空洞。阿久津的動作停了下來，她想要使用突刺，卻只能一動也不動地僵住。

阿久津改變動作，勉強揮了好幾次刀，但每一次的刀路都歪斜扭曲，中途就消失了。

這時候阿久津，以她來說，少見地讓刀鍔撞在了魔術方塊上，刀鍔裂開，噹啷落地，然後阿久津往後退幾步，停了下來。

直到這裡都和上一次一樣。

阿久津動彈不得。

來吧，現在才要開始。

我第一次，完全按照自己的意思使用能力。

我解開魔術方塊盔甲，包覆著身周的小方塊掉落，暴露出毫無防備的狀態。

然而阿久津仍是一動也不動，她呼吸急促，冷汗直流的樣子一看就知道了，握著刀的手也在顫抖，刀尖偏移了我的喉頭。

我握住刀尖稍微下方的位置，緊握住刀刃。一點也不痛，因為是在夜晚的公園才能碰觸這個地方。我用力緊握，血便流了出來，沿著刀刃流下，刀身的光芒逐漸被紅色掩蓋。

流下的血落到了裂開的刀鍔處，甚至繼續往下——濡溼了握著刀柄的阿久津的手，阿久津的雙手染上了鮮紅。

阿久津直直地盯著自己的雙手。

「為什麼我打不出突刺？」

阿久津說。

「為什麼我無法正面與他人衝撞？」

她吐出內心深處的話語。

「為什麼我贏不了水森？」

她還在繼續。

「為什麼我想要贏過水森？」

話語變了。

「贏了之後又會怎麼樣？」

我一句話也不說。

「總覺得，我已經，什麼都搞不懂了。」

接著阿久津沉默。

阿久津來到夜晚的公園之後便連戰連勝，然後輸給了我。她說想要贏過我，但是不知道該怎麼贏，所以拜託我成為她的朋友。在我和佐藤廝殺之後，極度在意我是否仍然為最強者，但是——她內心的運作方式一定不屬於直接輸出的那一類型。

所以她才無法打出突刺吧。

阿久津雖然不停說著想要變強。

但她或許已經疲於一直身為強者了吧。

我還握著刀刃的部分，我再一次用力緊握，刀刃碎裂，並不是我的右手突然變壯了，而是阿久津的刀突然變得脆弱。接著裂痕從碎裂的地方延伸出去，那道裂痕發出「啪嘰啪嘰」的聲音一路往握柄處侵蝕。

整把刀都碎裂了。

阿久津的雙手僵在握著刀時的形狀，她的手因我的血而鮮紅。

或許，現在就是那個時刻。村瀨學長說了，即使知道自己傲慢，也必須拯救他人的時刻會到來，我自己都還沒能完全消除自己的煩惱，所以從沒想過去拯救誰。

但是——就是現在了，只有現在了。

真正重要的事必須自己思考。

真正重要的事必須自己想出答案。

真正重要的事必須化成自己的言語說出來。

每一句都正確，都是正確的言論，但是人很脆弱，就連阿久津也有脆弱的一面。

我側眼看向站在遠離人群處的縣學長，他今天來到了這裡，這件事一定有其意義。縣學長只懂得用矛盾的態度訴說自己的苦痛。

縣學長連戰連敗，阿久津連戰連勝。

只有我，贏過了這樣的阿久津。

只有我可以說這句話。不，不是這樣的，其實本來只有阿久津的父母才可以說這句話，但阿久津的父母一定不願意說給她聽，不，其實我並不知道，但我認為，正是因為她的父母沒能說出這句話，所以阿久津現在才會站在這裡，所以只能由我來說。

追求強悍的阿久津的矛盾，她真正的心願。

我深吸一口氣，呼出。

「脆弱也沒關係，我認可妳的脆弱。」

這就是我得出的答案。

阿久津並不是想要變強。

我想她只是希望有人認可她的脆弱。

「我可以，一直這麼脆弱嗎？」

阿久津像是在確認話語的意義般低喃。

「沒錯，妳可以一直這麼脆弱。」

「你可以允許我一點也不強悍嗎？」

我握緊了自己的拳頭，感到無比的憤怒，但是我知道由我來氣阿久津的父母是搞錯對象了。我也討厭這種好像明白了一切於是便放棄了的自己。我什麼都不懂，也沒有插嘴的權利——這我都知道，但是這樣的理解方式，也是一種逃避。

所以，即使傲慢，即使不負責任，即使我什麼都不懂，現在——我要說。

「允許，我允許妳，即使妳很脆弱也沒關係，妳可以再多依賴他人一點喔。」

「是這樣嗎？」

「是呀，人並沒有那麼堅強，阿久津也一樣，有脆弱的地方，這是被允許的，所以我認可妳的脆弱。」

「……我的，脆弱。」

阿久津不停不停地點頭。或許是在與自己的內心對峙吧，她的眼中失去了色彩，像是潛入了更深層的地方，止住了呼吸。漫長的時間過去了，無盡漫長的沉默過去了，阿久津一直默不作聲。

然後再一次，像在做最終確認一般。

「我問你，水森，我可以這麼脆弱嗎？」

她說。

「可以，即使妳輸了，即使妳連戰連敗，即使妳無法重新振作，即使妳無法變強，我都絕對會肯定妳。」

色彩回到了阿久津的眼中，然後。

「謝謝。」

她說。

力量恢復了，或者說她開始散發出比之前更銳利的殺氣，感覺四周的空氣像被推擠開來地擴散出去，我知道阿久津的殺氣正一點一滴覆蓋夜空。

至今未曾見過的力量正在覺醒。

我陷入了黑白棋戰中所有的棋子都被翻成對方顏色的感覺，我的身邊沒有和我同一戰線的空氣，滿溢的只有阿久津的殺氣。阿久津竭盡全力在奪取夜晚的公園裡的所有陣地，我看見原本飛在空中的愛田慌張地降落，天空已經在阿久津的壓制之下了。

阿久津伸手向空中，她伸出了因我的血而染得鮮紅的手。

再次創造出刀。

「你肯定了我的脆弱，所以我才能變強。」

阿久津覺醒了。

我也伸手向空中，只創造出一個魔術方塊，然後握緊它。只有這一個感覺很不安，所以我又在周圍創造出幾個魔術方塊飄在空中，希望它們可以成為保護盾。

阿久津握刀擺好架式。

我和阿久津的廝殺開始了。

現在開始了。

風吹。

山鳴。

阿久津動了，幾步就踏進了我的守備範圍，她像是要串起飄在空中的魔術方塊之間的空隙，一方面卻又強勢地朝我靠近。我太大意了，我並不想大意的，但她以超乎想像的速度逼近了身邊。

阿久津雙手握著刀使出了突刺。寂靜無聲，風劈開了一條路，一束光筆直地穿越那條路。

不知何時刀尖已到了喉頭前，我事先猜想到了所以才能躲開，我覺得我躲開了，然後往地上一滾，逃離。勉強與阿久津拉開距離之後我摸摸自己的脖子，沒有流血，我還以為頭飛出去了呢。

阿久津慢慢地轉身。

彷彿從刀身上迸發出一股力量。

或許是使出突刺讓她產生了某種感慨，否則她要是追擊而來，一切早就都結束了。下一次就逃不了了吧，當然我也沒有想逃的意思。

我要迎擊。

阿久津再次動作，斬擊在舞動，我再次創造出好幾個魔術方塊飄在空中以妨礙揮刀路線，這些魔術方塊阻擋了阿久津的斬擊，我的想法與阿久津的能力勢均力敵。當然光靠這些無法阻止阿久津，她一翻身，或許是發現了空隙，只伸出左手向我的喉頭刺來，千鈞一髮之際，我以手上的魔術方塊擋了下來。

眼睛跟不上她的速度。

若是單純的運動能力我根本不是對手。

話雖如此，我也沒辦法像瀧本同學那樣追蹤某個動作，不過我還是選擇了與阿久津直接廝殺的方式。

斬擊的威力又增強了。

當作保護盾使用的魔術方塊開始被劈開。

阿久津旋轉身體，從狹小的立身之處充分展現肉體的彈性揮出斬擊，流暢地劈開魔術方塊，一個、兩個、三個，每劈開一個，阿久津的斬擊速度彷彿就變得越快，威力也倍增，同時阿久津的立身之處也越來越多。魔術方塊已經無法成為保護盾了，但若是解除的話又會一瞬間被殺，不過我還是解除了，將所有的力量傾注於一個魔術方塊之中。

我還沒有展現全部的自己。

我害怕展現出來之後卻遭到否定。

但對方若是阿久津就不需要擔心。

我創造出來的是——小方塊隨意配置、顏色絕對無法轉齊的魔術方塊。

這就是我真正的能力，現在的我要使用它來戰鬥，我可以操控它卻不至於將自己逼到極限，這樣就足夠了。

我轉動魔術方塊。

轉動一次之後，接著它就會自行轉動了。

地面在搖動，原本已逼到眼前的阿久津滾了一圈，雖然她馬上站起身，但卻帶著疑惑的表情看向我，而我自己也是，光是站著就很勉強了。

原來如此，某種意義上這是個自爆技能。在這個魔術方塊轉動的期間，我和對戰對手的五感似乎都會受到擾亂，但是我想，我對這個感覺具有耐受性，我既可以站，也可以前進。

對面的阿久津依然刀不離手。

她搖搖晃晃地朝我走來。

阿久津打出突刺，但她的動作沒有生命力，我可以用魔術方塊擋下。阿久津想要繼續追擊，但她的腳步過於不穩，刀子落了地。我將魔術方塊換到左手，用空出的右手撿起了刀，魔術方塊與刀，不合常規的二刀流在此誕生。

阿久津馬上創造出新的刀。

我沒有技術，而阿久津則站不穩。

這是一場笨拙的互砍。

我的能力已經展現了，在這個條件之下雙方終於可以不分上下地互砍。

說是要直接衝撞，但卻是這種弱化對手的能力，還真是有我的風格。而連自己都弱化了的部分，則更是突顯出這份無可救藥，我感覺像是將自己的扭曲強加到了對方身上一樣，這是個非常非常醜陋的能力。

但我還是希望對方能接受。

我會接受阿久津的想法，所以希望她能理解我。

我和阿久津揮刀，擦過、刺入、刨挖，好幾次鮮血噴了出來，但是或許彼此的五感都已經錯亂了，因此並沒有受到致命傷。每一次身體被砍傷，我都感覺到自己還活著，我不覺得痛，但或許感覺到痛其實是比較好的，我們應該要為了這個行為負上相對應的責任才對，但是那樣的話就死了。

我不想死。

我想活下去。

為了活著，我才來到了這裡。

彼此的身上傷痕越來越多，雙方的血滴落地面混雜在一起。

筆直打出的突刺留下光之軌跡。

轉動的魔術方塊發出響徹黑暗的聲音。

身體被砍，再接著砍回對方身上，攻擊你來我往，我和阿久津的肉體一步一步逼近極限。

一口血吐出。

視線已模糊，但視野卻更寬廣。

身體在動，動作比剛才還要敏捷，自己的身體彷彿不屬於自己一樣，雖然站著，卻感到如飄在空中的輕盈，像是連指尖的神經都在掌握中。還可以，我還可以動。

我都這麼想了。

阿久津卻雙膝落地，接著直接「啪噠」一聲，坐成了俗稱的鴨子坐，肩膀上下起伏喘著氣，阿久津的眼睛似乎已經無法聚焦了，她的雙手無力地垂在地面，右手卻仍是勉強握著刀。

「……我已經，站不起來了，是我輸了。」

阿久津小聲說道，靦腆地笑了。

那句話——那個態度一看就知道是在說謊，或者說阿久津本人並沒有想要說謊的意思，是真的認為自己的界限在這裡也說不定，只是我知道。

和阿久津互相衝撞的我知道。

「不對，還沒有結束。」

「什麼？」

我們都廝殺到這個程度了，沒有這樣的吧？我們都來到這裡了還要欺騙自己，沒有這樣的吧？離界限應該還很遙遠才是。

「妳可以用盡全力，用盡全力之後即使還是輸了，我也會肯定妳，我從剛才就一直這麼說了！不要偽裝自己！不要欺騙自己！即使輸了還是可以活下去！這裡沒有任何一個人會責備妳的脆弱！這不是在拚輸贏！問題不在那裡！所以！」

「……」

我大叫。

「盡全力放馬過來吧！妳的一切一切，我都會接受！」

瞬間。

被砍中了，我這麼以為。

我被謎樣的力量撞飛，背後重重地撞上了東西，環繞著公園的圍欄在我後方，也就是說我被撞飛到這裡來了。我勉強成功地以魔術方塊和刀防禦，但是防禦時的衝擊力道讓兩樣東西都飛到了某個地方去，現在的我手上什麼也沒有。

阿久津站在公園中央，她已經站起身了。

從染血而貼在額頭上的劉海縫隙中，宇宙般的眼睛在看著我。

阿久津在原地揮了揮刀，在那一瞬間不知道揮了幾下的軌跡烙印在我的眼底深處，一秒之後，環繞著公園的圍欄四分五裂，我身後的圍欄也發出聲音崩塌。

喂喂喂，認真的嗎？阿久津的攻擊距離也太可怕了吧。

忽然，我感覺到不對勁。

慢慢地伸手向自己的身體。

我從肩膀被斜砍了一刀。

但我能夠什麼事也沒有地在這裡，是因為阿久津手下留情，這我明白。公園裡的其他孩子一個傷口也沒有。

只能笑了。

雖然我說可以用盡全力，但沒想到竟然是到這個程度。

「沙沙」，我聽見踩在泥土地上的腳步聲，視線看往那個方向。

佐藤站著，她的手中握著魔術方塊，是我被阿久津撞飛時掉的那個胡亂配置的魔術方塊。佐藤遞出了魔術方塊，我用左手收下。

「謝謝。」

我道完謝，佐藤點點頭，然後不發一言地離開了。

另一個人往我走近。

是縣學長，他的手上握著刀，是我被阿久津撞飛時掉的那把刀，縣學長將刀對著我——從握柄處遞出，我用右手收下。

「謝謝你。」

我道完謝，縣學長張口欲言，但還是一句話也沒說地離開。

我用力緊握魔術方塊和刀，然後站起身。

接著走到公園中央，一步、兩步，每一次往前進，血就會一點一點滴落，但我還是想辦法往前走。我都說得那麼豪情壯志了，怎麼可以一瞬間就敗北，我可不能這麼遜。

佐藤與縣學長應該在我身後看著。

阿久津什麼也沒做地等我，我越靠近她，空氣就越是銳利地刺向我。

我再次於公園中央與阿久津對峙。

環繞著公園的菱形圍欄現在已經不見了。

「你就試著殺了我吧。」

別強人所難了。

不過她是為了說這句話才等我的吧。

我已經一無所有了，沒有其他絕招，也沒有撒手鐧，所以只能使出現在擁有的所有力量。雖然我是個極度平凡的人，但這就是我這個人——這種話，雖然還是很像自暴自棄，但總算是能夠肯定自己了。

我再一次轉動胡亂配置的魔術方塊。

只要轉動一次，之後它就會自行轉動。

我以為剛才的力量就是界限了，但不是這樣的，因為有阿久津在，所以我可以超越界限。

我發動能力。

我的能力覆蓋了整個露草町，即使整個覆蓋也沒有意義，但我還是這麼做了。明明只有在這個公園裡才可以使用能力，但我的扭曲卻越過了原本圍欄所在的地方，大概是因為阿久津劈開了圍欄吧——我這麼想，只有我一個人的話沒有辦法使出這麼強大的力量。我再次提高輸出的力量。

自律神經迸出了火花。

現在，我可以在這裡測試我的一切，我可以進行衝撞。

我有這樣的對手。

沒有比這個更幸福的事了。

地面搖動，空間扭曲，五感混亂，公園裡的孩子一個接一個跌倒。對不起，把你們牽扯進來，不過現在不是手下留情的時候，因為，我都做到這個地步了。

阿久津還是站著，目不轉睛地看著我。

「好厲害的能力，我光是站著就很勉強了呢。」

「妳才厲害呢。」

不是我謙虛，是真的這麼想。然後，也就是這樣，我才想要贏過阿久津。還可以，我還可以變得更強，我提高輸出的力量，不停地提高。

持刀的右手擺好架式，阿久津也擺好架式。

同時動作。

只能筆直地往前衝。

我們彼此都沒有多餘的心力做出其他動作。

打出突刺。

我的刀直指阿久津的心臟。

阿久津的刀直指我的心臟。

貫穿。

魔術方塊從我的左手掉落，覆蓋整個小鎮的扭曲逐漸消失，與此同時，阿久津雙膝著地，我也兩腿一軟，從胸口深處吐出鮮血。到了這一步，體內的一切終於都流了出來。

身上還刺著對方的刀，我們靠著彼此。

「是我輸了。」「是我，輸了。」

我們同時說。

思考能力被一片空白覆蓋。

意識逐漸消失在黑暗中。

「我第一次來到夜晚的公園裡時，影野先生你遲遲沒有現身對吧？我想過了你的原因。」

我和阿久津不分勝負，平手。影野先生說明，我們真的是不差一分一秒地死去，這或許是為了戲劇性炒熱現場氣氛的謊言，但隨便了啦。

我將自己的想法丟向這樣的影野先生。

「影野先生，你的任務，是為第一次來到這個公園裡的人解說對吧？」

「是呀，沒錯。」

「但是卻遲遲不出現在我的面前，所以由村瀨學長好心地承接了為我解說的任務，然後對於村瀨學長問你『為什麼沒有出現』，當時你卻沒能回答。」

「……也就是說？」

「你的目的會不會就是為我和村瀨學長牽線？」

我，還有村瀨學長，都需要彼此的言語，我想，但是影野先生一旦出現，我和村瀨學長就無法對話了。不過呢，就算村瀨學長不和我對話，他應該也很快就能掌握到什麼了。

影野先生沒有任何回答，相反地，他的視線看向在我隔壁睡著的阿久津，他的臉看起來是這樣的方向。

我和阿久津的肉體雖然都馬上復活了，但阿久津卻一直沒有醒來，這也是當然的，因為她給自己的內心施加了這麼大的負擔。

四周看著我和阿久津廝殺的人群，一直處在熱烈的氣氛中，每個人都想和旁邊的人說話。

如果我和阿久津的廝殺可以在圍觀的人心中留下某些正向的東西，那就是無上的喜悅了。

「水森陽向同學，你……理解多少了呢？」

影野先生確認般地問我。

我回想至今為止發生的事。

我抓住就在附近情緒亢奮的愛田。

「喂，愛田，你可以讓我飛到空中去嗎？」

「蛤？當然可以啊。」

「為什麼要飛上去？」我硬是要求不太爽快地這麼說的愛田使用能力，讓我飛上了遙遠的高空。我飛越了被阿久津砍斷，暫時消失了的圍欄的高度，也飛越了群山的高度，看起來一點一點的光點大概是路燈及自動販賣機的燈光吧，當然民宅都沒有點燈。愛田也飛在我的身旁，影野先生也飛上來了。

視線下方的黑暗與夜空融為一體，邊界越來越模糊。

在頭頂上方閃爍的星光，越是接近彷彿就越是遙遠。

——然後。

位在遠方的鄰村的某個場所正在發光，應該說是爆炸才對。

接著與那個地方不同方向的隔壁都市也噴發出火焰。

還可以看見從更遠更遠的某個地方，朝著夜空延伸出一把光之劍。

「愛田，你是什麼時候開始到夜晚的公園裡的？」

現在，我在這個時機點詢問。

「從小學六年級開始吧，還滿長一段時間了對吧。」

愛田是在高中一年級時搬到這個小鎮的。

「這座小鎮以外的地方也有夜晚的公園嗎？」

「你現在才在說什麼啊，日本全國到處都有啊。」

「是喔。」

果然是這樣嗎？

「你不知道嗎？」

「嗯，我不知道，我本來以為只有這個小鎮才有，一直這麼以為。」

「怎麼可能只有這個小鎮才有啊，不，等等喔，是那個嗎？我是稀有個案嗎？」

會來到夜晚的公園裡的孩子們都很少使用手機，也不玩社群網站，不向不認識的人說在這裡的秘密，所以基本上資訊只在這個小鎮流通。如果不是像愛田這樣轉學的話，不會知道其他的鄉鎮市裡也有類似夜晚的公園這樣的地方。

「畢竟不會和其他人討論夜晚的公園嘛，所以我自以為大家都知道……這樣啊，說的也是，我知道的事，其他人不一定會知道，也是有這種事的嘛。」

「如果因為旅行到其他地方去的話會怎麼樣？」

我問影野先生。

「我只能說每次情況都不同，有些人會受到呼喚，也有一些人不會受到呼喚。」

「這麼輕易就告訴我啦。」

「畢竟我也沒有刻意要保密。」

但也不是很主動說就是了。

或許是因為不論知道或不知道這點，都和本質沒有關係的緣故。

還真是，很有影野先生的風格的低調。

之前我和愛田廝殺時，與現在這個狀態一樣，都飛到了高空中，然後看見了鄰村在發光，那大概是鄰村的公園裡有人在發動能力的瞬間吧。

其他還有愛田對阿久津說了「沒想到這個地方竟然有人可以贏過阿久津」之類的話，這句話也是之後回想起來才覺得不對勁。

「所以你那個吧，你也不知道不論在哪個地方都有像影野先生這樣的裁判對吧？」

愛田說。

「當然不知道啊。」

「像影野先生這樣的……應該說，不管哪一個地方的裁判，在我看起來都和影野先生一模一樣，而且名字也是影野先生。」

「因為每一個裁判都是『我』呀。」

影野先生回答。

日本全國，不論哪一個地方的裁判都一樣是影野先生，嗎？

「你的……那個，真實身分並不是某個特定的個人對吧？」

「你說的沒錯。」

我盯著影野先生看，還是一樣無法辨識他的臉，感覺像是看進了一個會被吸進去的深層黑暗一樣，但我不曾感到恐懼。光與暗並非對立，為什麼人們會認為黑暗的東西就是壞東西呢？有白天理所當然就會有黑夜呀。

高度下降，我在露草町的公園降落。

「已經夠了嗎？」

「嗯，謝謝。」

我道謝，愛田輕輕地抬起手，往攤車的方向走去。

我再一次盯著影野先生。

不是只有這個小鎮特別。

不是只有我感到痛苦。

仔細一想，這不是理所當然的嗎？

無法跟上社會潮流的孩子，無法適應這個世界的孩子存在於日本全國，這些孩子會聚集到各自街上的某個地方，彼此廝殺。

我有一種奇妙的連帶感。

但是，也因為這樣我才能努力，才能忍耐──這樣的想法是不行的。

夜晚的公園這種地方，能不來才是最好的。

就算是個夢一樣的空間，可以不要彼此廝殺才是最好的。

我深吸一口氣。

將夏日的空氣吸滿了整個肺，即便是七月，夜晚的空氣依然寒涼，腦袋瞬間清醒。

我環顧公園內。

我將自己思考的內容丟向影野先生。

「這裡是用來了解自己的地方，是用來拯救自己的地方，但又不只是如此，來到這裡的孩子們不知道該如何與他人衝撞。」

直到這裡，都是我剛到這座公園時，從村瀨學長那裡聽來的。

從這裡開始，就必須用我自己的話說出來才行。

「無論好或不好，擁有可以衝撞的對象的人不會來到這裡，就算被逼到極限，就算感到煩惱，就算感到痛苦，擁有可以將這些丟出去的對象的人，就不會受到這座公園的呼喚。」

「……」

「大家雖然都糊里糊塗地接受了，但我想要用自己的話說出來。不過如果繼續說下去，一定會出現陳腐的答案，就算是這樣你還是願意聽嗎？」

「我當然願意聽。」

即使知道他會這麼回答，我還是需要先做好開場白。

這樣我就能放心地說。

「沒有一個創造出夜晚的公園的『個人』，也沒有管理的人。如果有這樣的人，我們打從一開始就不會來這裡了，這裡是由我們每一個人創造出來的。」

所以我可以確定這不是不好的東西。

「我想是我們的——需要這種地方的孩子們的想法匯聚，於是這樣的場所就必然地產生了，我們其實都知道自己拯救自己的方式。」

「……」

「但是這同時也是在拯救他人，我想。只要深入挖掘自己就會與他人起衝突，只要深入挖掘他人就會與自己起衝突，所以我們才必須聚在一起，創造出這樣的地方。」

自己的心與他人的存在或許是同一空間。

我在和阿久津廝殺之後這麼想。

「這樣的話，你認為我的真實身分是什麼？」

影野先生問我。在這樣的地方有一個人、唯一一個獲得允許留在這裡的大人，但是他沒有臉，而且也不是特定的個人。

「不是孩子們創造出來的嗎？」

西裝、領帶、紳士帽、手錶以及皮鞋等，從影野先生身上穿戴的這些明顯象黴大人的符號，我解讀為是孩子們創造出來的。

「不是的，創造出影野先生的人不是孩子。」

不是影野先生的聲音，是從其他方向傳來的否定句。

藍色睡衣的小學四年級學生——瀧本蒼衣站在那裡。

「哎呀哎呀，是意料之外的伏兵呢。」

影野先生開心地說。

瀧本同學在來回看了我和影野先生之後，怯怯地開口。

「影野先生是不能說的話。」

「欸……這是什麼意思？」

我問。瀧本同學直直地看著我的眼睛，他的眼睛清澈透亮，是會暴露出我心底深處所有一切的眼睛。

一會兒之後。

「大人啊，總是希望孩子們可以永遠保持純真對吧。」

瀧本同學說。

「呃、嗯。」

「但這是不可能的，大人自己也應該知道這是不可能的，如果對壞事沒有抵抗力，很快就會死掉。例如每年警察都會到小學一次，告訴我們『怎麼做才不會被綁架』，但是我覺得這沒有意義。」

「沒、沒有意義？」

「如果我是壞心的大人，就會看準宣導之後的隔天，因為只要在隔天扮成警察，大概就可以成功綁架小孩了。我們都在無意識之中不停被灌輸了只有警察是安全的人，不是嗎？」

「……原來如此。」

「但只要這麼說老師就會生氣。我又不是想被綁架才這麼說的，反而就是為了不要被綁架才說，要和惡劣的對手交戰，我們也必須去思考惡劣的事才行，不然隨便就會被幹掉，可是最後卻會被罵說不可以去想這些事。」

如果不懂壞人的思考模式，就無法和壞人對戰，我覺得他說的沒錯。

「不過呢，我也可以理解老師只能這麼說。」

話鋒再次轉變。

「現在是個不能不謹言慎行的時代，對吧？所以站在老師的立場，他不得不罵我。」

他真的是小學四年級嗎？

「影野先生啊，就是由這些大人想說卻又不能說的話聚集起來形成的。」

「……為什麼你會這麼想？」

「看了就知道了，沒有原因。」

沒有原因，嗎？

西裝、領帶、紳士帽、皮鞋和手錶，都是符號性的元素，但是沒有臉，也不是孩子們創造出來的。確實，以孩子們創造出來的存在來說，要有裁判這樣的視角是有些勉強，若不是立場更高一些的人沒有辦法勝任，這麼一說，的確是只能這麼想。

「影野先生，瀧本同學說的這些說對了嗎？」

「可以說是說對了吧。」

影野先生承認了。

「這麼輕易承認好嗎？」

「畢竟沒有說謊或隱瞞的理由。」

「看吧，和我說的一樣吧。」

瀧本同學驕傲地挺起胸膛。

我則向影野先生丟出問題。

「但是為什麼瀧本同學會知道影野先生的真實身分？」

「這和瀧本蒼衣同學是來到這裡的孩子之中最年少的這件事不無關係，意思是他的直覺最敏銳。」

有一些東西會隨著年齡增長而失去。

看來即使是我的年紀，也已經失去了瀧本同學所擁有的直覺──應該如此稱呼的某種東西，連想都想不起來了。

「等瀧本同學長大之後，這樣的直覺也會消失嗎？」

「也許會吧。」

「就算消失了也沒什麼關係吧，因為相對地也會獲得新的東西。」

當事人瀧本同學這麼說之後，離開了我們。

我覺得他說的沒錯，也覺得這是富含深意的一句話。

「如果只有我一個人，就無法了解任何事……」

我低喃道。

因為有了解其他小鎮的愛田在，因為有瀧本同學告訴我影野先生的真實身分，不僅如此，和村瀨學長的對話，還有縣學長的行動，全部都有意義，在和佐藤的廝殺中我發現了重要的事。

我和阿久津彼此廝殺直到極限。

影野先生也是，給了我許多提示。

「水森同學，偶爾會出現像你這樣的孩子呢。」

「像我這樣的孩子？」

「對，十年前也出現過一個，雖然不是在這座小鎮。」

看來影野先生也知道其他鄉鎮的事，剛才，他說不論是哪個地方的裁判都是「我」。

「我很期待你會成為什麼樣的大人。」

影野先生像在思考什麼事似地低著頭，然後——

「長大之後，也不要忘了我的話喔。」

他靜靜地說道。

第一次，我感受到影野先生的話語裡有了色彩。

之後，一旦我從夜晚的公園裡畢業，就會連影野先生也忘記。影野先生一路上守護了眾多孩子，放下自我，看著孩子們從這裡離巢獨立。

「影野先生……你不覺得辛苦嗎？」

「不辛苦呀，因為我是這樣的存在。」

從影野先生的話裡，果然無法判斷這到底是不是他的真心話，不過影野先生似乎有其他想法，他不再多說什麼就消失了。

從今以後，我會成為什麼樣的人呢？

我還是一樣害怕未來。

雖然害怕，但我認為比起過去，自己開始可以正向思考了。

我的視線移向睡在旁邊的阿久津，凝視著她的睡臉，周圍是熱度未減的孩子們在交談。

我創造出魔術方塊，普通的、可以完整轉齊的魔術方塊，我轉動它，發出「喀嚓喀嚓」的聲音。我覺得很漂亮，無論是聲音或形狀或顏色，都沒有比這個更完美的造型了，但有些東西，必須要拆解它之後才看得見，有一些形狀，只對我有意義。

也許是對聲音產生了反應，阿久津張開眼。

「……啊，早安。」

張開眼睛的阿久津傻乎乎地打了個招呼。

不，也許並不傻，畢竟阿久津才剛張開眼睛。

「早安，阿久津。」

「水森你果然很厲害呢。」

「妳也是呀。」

兩人相視而笑。

阿久津並沒有問我「誰贏了」。

直到現在，綠色的菱形圍欄才總算復原了。圍欄的四周是民宅，民宅的四周是山，山的四周有什麼呢？我還不知道。

「我想，我一定是為了和你廝殺，才會被呼喚到夜晚的公園裡來的。」

阿久津露出微笑。

在來到夜晚的公園之前——我和阿久津之間，在白天的世界裡並沒有交集。

為什麼會有夜晚的公園這樣的地方存在？

對我來說有什麼樣的意義？

如果化成言語說出來，一定是。

——為了與阿久津廝殺而存在。

總覺得我們兩人都這樣回答對方，也未免太過詩情畫意，或者說我單純地感到害羞，所以我用這個來取代。

「謝謝。」

我答道。

太陽開始升起了，螺旋階梯崩塌，夜晚的公園正在消失。

「……我，會再和爸媽談談看。」

從東方山頭的稜線，延伸出好幾道銳利的光束。

西方的天空淡淡地染上白色、藍色。

早晨開始了。

「如果妳的想法無法傳達出去，那個時候就來找我廝殺吧，所以妳只需要直率地去衝撞就可以了。」

「這是什麼溫柔得要命的鼓勵。」
「冷笑話？」
「我不是故意的。哇啊啊，好丟臉。」
阿久津用雙手摀住臉，我笑了。
阿久津是否能與家人互相理解，這不是我能插手的事，所以必須靠她自己想辦法。不過，就算不行了也沒關係，就算想不出辦法也沒關係，就算失敗也沒關係，就算逃避也沒關係，就算依賴也沒關係，就算抱怨也沒關係，就算遷怒他人也沒關係。在這世界上，有一個可以接受阿久津想法的地方。
我可以這麼相信。
也許，只有在孤單一人時，才是能夠與他人相處的開始，我這麼覺得。
我的堅定程度還不足以畢業。
但是沒問題的。
與阿久津廝殺之後，未來我也能夠活下去。

★

太陽升起，影野陷入沉睡。

同時回想自己的記憶。

「這裡的廝殺也很快就要結束了嗎？」

一名男高中生看著星空低聲說道。

「是呀。」

而影野也回答他。

地點不是露草町，而是某個鄉下村莊的。

夜晚的校舍屋頂。

「好像發生了很多事，又好像什麼事也沒發生。」

少年一邊說，一邊將手插進了口袋裡。他的身後有著防止學生摔落的綠色菱形圍欄，圍欄沿著屋頂邊緣繞了一整圈，在白天的現實世界裡，沒有辦法上到屋頂來。

那一天碰巧只有影野與該名少年。

「我記得廝殺的場所馬上就要換了吧。」

「對。」

「下一次果然是……夜晚的公園嗎？」

「對。」

「這樣啊。」

以前，廝殺是在夜晚的學校進行。

「雖然我也留下了很多討厭的回憶，不過接下來即將迎接青春期的孩子們，必須活在更為複雜的世界裡吧。」

「因為時代每一次的推進，都會讓這個世界變得更加複雜呀，當然孩子們的煩惱也會越來越複雜吧。」

「再怎麼說，廝殺的地點都要改到公園去了嘛，也就是說『活著很痛苦』的象徵不再是學校了嗎？」

少年嘆了口氣。

「問你喔，影野先生，如果孩子們的煩惱繼續這樣複雜下去，你不就也要跟著越來越心累嗎？」

「不會的，我不會感到疲勞。」

因為我生來就是要成為這樣子的存在。

「我今天就要從這裡畢業了，而且我也會忘記你的事，但是我會想辦法幫你。」

「幫我？怎麼幫？」

「這個嘛，我不知道，像是在白天消除？克服？孩子們的煩惱？我也說不清楚，不過我會創造出某種東西，讓孩子們不需要彼此廝殺。」

如果是他或許做得到。

他是個擁有能夠這麼想的感性的孩子。

「雖然說是夢一般的空間，但還是不要讓孩子們彼此廝殺比較好，所以我會『砰砰砰』地創造出某個能夠拯救大家的東西，來釋放大家的壓抑，順便也將你解放出來。」

「順便嗎？」

兩人相視而笑。

「啊，難道你沒有了任務就會被消滅？是這樣的設定嗎？」

「不，會怎麼樣呢？如果不再需要夜晚的廝殺——裁判這樣的存在之後，我會變成什麼樣子，這點我自己也不知道。」

——不過。

「有你這樣的人存在，光是如此我就夠開心了。」

「幹嘛，這麼誇張，我這是報恩。」

說完，他將右手伸向夜空。

不知道從哪裡出現了大量的螢火蟲，在學校的屋頂飛來飛去。

淺綠色的光芒一閃一爍，其輪廓巧妙地融入了黑暗之中，如果仔細觀察，會發現綠色光芒中沒有蟲體，只是鬼火般的光芒輕柔地飄在空中。那是少年創造出來的光，影野從屋頂上俯瞰著村莊，剛才還沒有的綠光在村裡四處飛動。

「或許你是……能夠為許多人帶來影響的那種人呢。」

「這樣有點可怕呢，但是，嗯，我會想辦法活下去的。」

然後他成為漫畫家，作品獲得眾多孩子們的支持。

如果有孩子看了漫畫之後獲得救贖。

那麼也有孩子因此實際殺人。

這就是所謂對別人帶來影響吧。

但即使有了這份影響力，公園裡的廝殺依然未曾停歇，只靠虛構故事沒有辦法完整乘載孩子們的痛苦。而針對殘暴虛構故事的管制又時而寬鬆時而緊縮，時而改變緊縮方向，每一次，孩子們都會受到影響。

當夢中世界也無法再乘載這類對現實的反動時，這股巨大的漩渦該何去何從，影野也不知道。

即使如此，他還是相信孩子們的未來。

日落。

裁判一個一個從黑暗中誕生，散往日本全國的地點。

露草町的影野也出現了。

孩子們聚集到了公園裡。

水森陽向今晚也踏進了公園。

後記

這本小說出版時，不知道世界會有多正常地運作著。

在我寫下後記的現在，世界也正往我從沒想過的方向不停轉變，例如在現實中，「公園裡沒有人」、「孩子們被什麼東西給關了起來」的意思可能已經和這本小說不一樣了，在這樣的世界裡，就算自己相信自己，到了明天那個自己或許也已經不再合用了。相信自己究竟是怎麼一回事？為了尋找這個答案，於是我寫了這本小說，然後我相信，我想傳達的東西，可以寄託在「死亡遊戲」這個名詞所擁有的普遍性及深奧蘊涵上。

即使如此，還是有許多想法無法寫進書中，像是雖然主角及女主角選擇了與家人正面對決，但其實我們在遇到一些問題時，正面對決並不是唯一且絕對正確的答案。

正因為現實世界很複雜，所以才有各種應對方式，我想可以這麼思考。

有時候逃避才是正確答案，有時候更不一樣的選項才是正確答案，不要一個人煩惱，有時候依賴熟人或是公家機關才是正確答案。

說到底，將人際關係硬是套上正確答案這個詞或許並不恰當，如果以正確或不正確來劃分，就只有零或一百了。但我認為，零或一百兩者都是答案，又或者中間的一到九十九的梯度才是答案，內化這樣的模糊與矛盾活著是件重要的事。「只要我能夠抱持一個自己心中真正重要的東西，之後即使一切都改變了也沒有關係」，如果不能這麼想，將會難以在這個複雜的世界活下去。

最後是感言。繪製封面的LOWRISE、撰寫推薦文的松村涼哉先生、佐野徹夜先生、教會體弱的我閱讀及書寫小說的樂趣的電擊小說大獎、把我撿走的責任編輯、與本書出版相關的人員，以及手中拿著這本書的讀者，誠心感謝各位。

我想，從今往後孩子們的煩惱會比我想像的還要更加複雜，如果這本小說能夠成為那些孩子們的一臂之力即是我的榮幸。

持田冥介

國家圖書館出版品預行編目資料

我們需要死亡遊戲的原因 / 持田冥介著；林佩玟譯. -- 初版. -- 臺北市：皇冠, 2022.3 面；公分. --
(皇冠叢書；第5010種)(異文；9)
譯自：僕たちにデスゲームが必要な理由

ISBN 978-957-33-3855-0 (平裝)

861.57 111000936

皇冠叢書第5010種

異文 | 9

我們需要死亡遊戲的原因

僕たちにデスゲームが必要な理由

作　　者—持田冥介
譯　　者—林佩玟
發 行 人—平　雲
出版發行—皇冠文化出版有限公司
台北市敦化北路120巷50號
電話◎02-27168888
郵撥帳號◎15261516號
皇冠出版社(香港)有限公司
香港銅鑼灣道180號商業中心
19字樓1903室
電話◎2529-1778　傳真◎2527-0904
總 編 輯—許婷婷
責任編輯—蔡維鋼
行銷企劃—蕭采芹
美術設計—單宇
著作完成日期—2020年
初版一刷日期—2022年3月
初版二刷日期—2023年10月
法律顧問—王惠光律師

讀者服務傳真專線◎02-27150507
電腦編號◎554009
ISBN◎978-957-33-3855-0
Printed in Taiwan
本書定價◎新台幣320元/港幣107元